왼손 피아니스트 이훈

함부르크 음악대학에서_음대 정면

함부르크 음악대학에서_음대 반대편 출입구

박사학위 수여식_신시내티대학교

박사학위 수여식 후 부모님과 함께

미시간주 디트로이트 메트로폴리탄 박물관 연주회

2021년 예술의전당 독주회 포스터

ESG ART CONCERT

A. Scriabin
C. Saint - Saëns
Gao Ping
F. Chopin - L .Godowsky

왼손 피아니스트 **이훈** 독주회

LEE HUN
Piano Recital

2023.6.21 WED 19:30 PM 예술의전당 리사이틀홀

| 주 최 | 이 훈 | 주 관 | TOOLMUSIC | 티 켓 | 전석 3만원 |
| 예 매 | 예술의전당 · 인터파크 티켓 | 문 의 | 02 - 3443 - 5702 | 후 원 | 문화체육관광부 · 한국장애인문화예술원 |

2023년 예술의전당 독주회 포스터

누구 시리즈 **21**

왼손 피아니스트 이 훈 - 누구 시리즈 21
이훈 지음

초판1쇄 발행 2023년 11월 1일

지은이 이훈
펴낸이 방귀희
펴낸곳 도서출판 솟대
등 록 1991년 4월 29일
주 소 서울시 금천구 서부샛길 606, 대성지식산업센터 b동 2506-2호
전 화 02)861-8848
팩 스 02)861-8849
홈주소 www.emiji.net
이메일 klah1990@daum.net

값 12,000원

ISBN 978-89-85863-91-9 03810

주최 사 한국장애예술인협회

후원 ⬡ 문화체육관광부   🎵 한국장애인문화예술원
      Korea Disability Arts & Culture Center

21
누구 시리즈

왼손 피아니스트 이훈

이훈 지음

도둑맞은 나를 찾으며 얻은 행복을 즐기다

도서출판
솟대

여는 글

이 기쁨과 감사가 연주회마다 이어지기를

제 이야기를 정직하게 말씀드리고 싶었습니다. 제 몸에 장애가 발생하고, 어떻게 살았는지, 어떻게 다시 피아노를 할 수 있게 되었는지를 이야기하며 든든한 '편'이 되어 드리고 싶었습니다. 글을 쓰다 보니 지나온 제 인생을 돌아볼 수 있게 되더군요. 참 감사한 일들이 많았습니다. 이 또한 여러분과 함께 나누고 싶습니다.

2012년 8월, 미국에서 뇌경색을 앓고 정말 희망이라곤 찾아볼 수 없는 상황에서 연주자로서 저는 죽었다고 생각했습니다. 그때도 지금도 삶의 대부분의 시간이 피아노였기에 저는 피아노를 부정해야만 그나마 일상을 살아 낼 수 있을 것 같았습니다. 그런데 피아노 앞에 다시 앉게 되었습니다.

길고 힘든 재활을 견디고 지속할 수 있었던 것은 아마도 아버지에게서 물려받은 체력과 도전 정신, 어머니가 물려주신 인내의 열매인 듯싶습니다. 프로야구 원년 이듬해에 '쌕쌕이'란 별명으로 유쾌하고 박진감 있는 경기를 보여 주셨던 아버지*는 일련의 상황 속에서도

----

* 이해창 KBO 소속 야구 선수로, MBC청룡팀 등에서 맹활약을 하며 득점왕, 도루왕 등의 기록을 가진 야구의 전설.

웃음을 놓지 않으셨습니다. 그리고 어머니는 간절한 기도로 절 지키고 응원하셨습니다.

　왼손 피아니스트의 첫걸음은 재활을 위해서 피아노 건반을 누르기 시작한 것이었습니다. 그리고 4년의 재활 끝에 가톨릭대학교 서울성모병원 로비에서 사고 후 첫 연주를 시작했습니다. 이후 매년 독주회와 여러 연주회에 참여하고 있습니다. 매일 재활에 매달리며 어쩌면 양손으로 연주할 기회도 기대하고 있습니다. 오늘도 피아노 앞에 앉아 6월 독주회를 준비하고 있습니다.
　저는 종종 병원에서 연주를 하는데 환자이신 관객이 많습니다. 환자가 된 이후 치유하는 음악의 힘을 체험했기 때문인 듯합니다. 그리고 연주자가 장애인이라는 호기심도 크게 역할을 한 것 같고요. 아무튼 저는 신나게 연주하며 이 기쁨과 감사가 연주회마다 이어지기를 소망합니다. 이 책을 읽는 여러분께 제 이야기가 또 한 번의 응원과 위로가 될 수 있기를 바랍니다.

2023년 무더위 어느 날
피아니스트 이훈

차례

?

가톨릭대학교 서울성모병원 로비에서_연주를 위해 피아노에 앉다

생상-왼손을 위한 6개의 연습곡

Op.135(Saint Saens-6Etudes For Left Hand Op.135)

· · ·

2016년 7월 29일 오후 2시, 가톨릭대학교 서울성모병원 1층 로비.

이른 오후의 여름 햇살은 진작에 화사함을 넘어서 화려함을 뽐내고 있다. 그것은 자못 날카롭고 도도하게, 자유롭고 부드럽게 건물을 둘러싼 유리창을 감싸며 유영하고 있다. 나른하기도, 나태하기도 수월한 오늘 같은 날에는 그 볕을 따라 한껏 목적 없이 곳곳을 배회해도 즐거우리라.

그러나 지금 이곳은 정돈된 소음과 숨소리, 서로 얼굴을 맞댄 채 반복해 오르고 내리는 에스컬레이터의 반복된 움직임만이 제 목소리를 내고 있을 뿐이다. 그리고 성실한 에스컬레이터 곁에 놓인 그랜드피아노. 나는 유난히 빛과 조명이 집중된 장소에 의연하게도 서 있는 피아노 앞에 앉았다.

나는 좀 기울게 자리잡은 의자에 비스듬히 앉는다. 왼발과 페달의 거리를 가늠해 본다. 이쯤 되면 넉넉히 힘주어 밟을 수 있겠다 싶어

가톨릭대학교 서울성모병원 로비 연주회

가톨릭대학교 서울성모병원 로비 연주회

?

마음이 놓인다. 허리를 되도록 곧추세우고, 옷매무새를 정돈한다. 준비한 기도. 벌써 몇 해 동안 간절했던 기도는 오늘, 지금 여기, 이 순간 더욱 간절하다.

"나의 모든 것을 아시는 주님, 여기 이곳에 저와 함께하실 것을 믿습니다."

이제 막 연주를 시작하려는 참이다. 내가 앉아 있는 그랜드피아노 주변을 초승달 모양으로 둘러앉거나 또 서 있는 관객들의 눈길이 새삼 따뜻하다. 그리고 나를 바라보는 그들의 기대와 호기심에 설레기까지 한다. 이러한 감정을 반갑게 맞을 수 있는 지금이 참 기쁘고 귀하다는 감사의 기도가 솟는 순간, 울컥 뜨거운 감정이 복받친다. 얼마나 간곡하게, 또 간절하게 소망하던 연주 무대이던가.

연주가 시작되려는 짧은 고요의 순간에 기쁨과 회한, 감사와 절망의 순간들이 속속 머릿속을 지나며 눈을 떴다. 뜨겁고 둥그런 열덩이가 단전에서부터 목으로 치미는 듯하여 놀랐지만, 그 순간, 그것과 같은 빠르기로 마음을 다잡았다. 나는 너그럽고도 편안한 관객들의 기다림의 무게를 기꺼이 받아 내기로 했다. 조용하고 큰, 긴 숨을 들이마시고, 다시 내쉬며 신중하게, 조심스럽게 건반 위로 나의 왼손을 올린다.

왼손, 건반에 서다

...

까뮤 생상 연습곡 Op.135는 생상스가 연주 테크닉을 연마하기 위해 만든 18개의 연습곡 중 6개로 구성된 작품이다. 왼손을 위한 6개의 연습곡은 ⟨Prelude⟩, ⟨Alla Fuga⟩, ⟨Moto Perpetuo⟩, ⟨Bourree⟩, ⟨Eelgie⟩, ⟨Gigue⟩ 등이다.

첫 번째 곡 ⟨Prelude⟩에서는 맑고 청명한 봄날, 또랑또랑한 물방울이 낙숫물처럼 떨어지는 듯한 경쾌함과 산뜻함이 느껴지며, 두 번째 ⟨Alla Fuga⟩는 긴 드레스 자락을 살짝 들고 사뿐한 걸음으로 숲을 거니는 숙녀의 설렘을 선사한다. 숙녀는 날아갈 듯 흥분된 마음을 꼭꼭 눌렀으나, 너무나 순진하고 어설프기만 해서 불규칙한 설렘의 진동에 당황하는 듯하고, 그런 숙녀의 옷자락과 발그레한 얼굴을 맞댄 듯한 기분 좋은 상상이 이어지며 웃음이 입술 사이를 비집고 스며나오는 중이다.

세 번째 곡 ⟨Moto Perpetuo⟩는 두 번째 곡의 느낌이 이어진다. 산

책 나온 소녀의 설렘에 숲속 나비와 꽃들이 함께 어우러져 아름답고 우아한 춤을 즐기는 듯하다. 계속되는 맑고 밝은 분위기는 곧장 듣는 이들에게 달려와서 초록 바람과 내음을 퍼뜨리고 있는 중이다. 네 번째 곡 〈Bourree〉는 성숙한 여인의 고아한 아름다움이 느껴진다. 능숙하게 리듬을 누리면서도 절제되고 정돈된 감정이 돋보이는 여인의 기품을 보여 주는 듯하다. 다섯 번째 곡 〈Eelgie〉도 한층 고조되었던 감정이 차분히 정돈되며 우아미를 창조한다. 그러나 정제된 설렘은 내면의 정열로 성장하여 더 뜨겁고 강렬하지만 함부로 드러나지 않음으로써 더욱 강렬하다.

마지막 여섯 번째 곡 〈Gigue〉는 특별히 연주회서 내게 감사와 자부심을 만들어 주었다. 다시 조심스럽게, 맑게 걸음을 시작하는 앞선 5곡의 감정을 거듭 확인하고 있기 때문이다. 새롭게 태어나는 선율은 나를 깨운다. 새롭게 고개를 드는 경쾌한 감정은 나를 새로 일으켜 세운다. 연주하는 동안 겨드랑이에서 날개가 틔어나는 듯 간질간질하다. 기분 좋은 느낌은 설렘이 되어 건반 위 손가락을 부추기고, 곱은 발가락도 말랑하게 부드러워진다. 가볍고 가볍다. 어떤 것에도 붙잡히지 않은 기분은 건반 위에서 놀이하는 나를 만나게 한다. 나는 자유롭다.

생상스의 왼손을 위한 연습곡 Op.135는 하나하나의 귀엽고 작은 물줄기가 결국은 한데 모여 물결이 되고, 다시 여러 물줄기들과 어울려 흐르고 휘몰아치다 이내 잔잔한 성품을 찾는다.

명쾌하고도 명료하게 떨어진 물방울들은 건반 위를 춤추듯 미끄러지고, 사뿐하게 튕기는 물방울의 명랑하고 청명한 목소리는 한데 모여 노래하는 듯 즐겁다.

　나의 왼손은 피아노 건반을 가볍고 강하게 만나고 있다. 그리고 왼손으로 만들어진 명료한 선율은 수줍어하면서도 건강한 생기를 만들어 내며 그곳에 함께한 모든 이들에게 울려 퍼지고 있다. 이미 피아노 곁에 둘러앉은, 혹은 지금쯤 다가오는 이들까지 선율에 기대고 있다. 그들 모두가 즐겁고 평안하면 좋겠다.

'Amazing Grace'

...

생상스의 곡이 끝나고 곧이어 전영혜 선생님이 피아노로 다가오셨다. 나의 선생님, 피아노를 '알게' 해 주신 고마운 스승님. 선생님이 곁에 앉으시고 잠시 숨을 고른 후 연주를 시작한다.

Amazing Grace, how sweet the sound
That saved a wretch like me
I once was lost but now am found
Was blind, but now I see

선생님과 함께한 연주의 선율은 웅성하게 빚어졌다. 익숙한 찬송곡이어서인지 함께한 관객들도 더욱 적극적으로 감정을 표현하는 것 같았다. (연주회가 KBS 9시 뉴스에 보도되었는데 영상에서 한 여성의 표정 없는 얼굴에서 또르륵 눈물 방울이 떨어지는 것을 보았다. 아마도 자신이거나 또는 사랑하는 이가 병중에 있거나 고통스러운 진단을 받았을지도 모르겠다. 그에게 나와 내 연주가 힘이 되었기를, 무엇보다 하나님의 은혜가 함께하기를 기원한다.)

한국어로 '나 같은 죄인 살리신 주 은혜 놀라워'라는 가사로 시작하는 찬송은 주의 음성이 나를 살렸다고 고백한다. 한때 방황하고, 눈이 멀었으나 지금은 밝음을 볼 수 있다고 기뻐한다. 언젠가 죽음을 맞이할 때 주의 은총으로 기쁨과 평화의 삶을 선물 받을 것이란 확신과 고백의 가사는 그날 그 자리에 있었던 이들에게 위로와 희망이었을 것이다. 뿐만 아니라 광야와 같은 삶, 고통스러운 현실 속에서 눈물 흘리는 모든 이들에게 은밀하나 위대한 약속의 기쁨이 되었을 것이다.

사람들은 저마다 크고 작은 어려움 앞에 설 수밖에 없다. 도대체 넘을 수 없을 것 같은 벽 앞에서 끝날 것 같지 않은 절망과 고통을 경험했을 것이다. 나 또한 그랬다. 어둡고 긴 터널을 어떻게든 걸어가는 것밖에는 다른 선택지가 없는 현실을 받아들여야 했다. 그러면서 살아 있는 것, 숨 쉬는 것 모두가 주님의 은총인 것을 고백할 수밖에 없었다.

연주하는 동안 가사를 생각하면서 내게 있었던 일과, 그 일 속에 있었던 놀라운 주님의 은총을 다시 한 번 생각하니 감사와 감격의 마음이 차올랐다. 연주를 마치고 선생님이 내 오른쪽 어깨에 가만히 손을 얹고 토닥이셨다.

가톨릭대학교 서울성모병원 로비 연주회에서_두 분의 스승님을 모시고

"잘했다, 고맙다."

눈물을 글썽이며 감격하시는 스승님을 뵈면서 나 또한 뭉클했다. 피아노의 깊이와 연주의 즐거움을 알 수 있도록 해 주신 선생님의 가르침으로 나는 진심으로 피아노를 사랑할 수 있었다. 그리고 선생님처럼 연주자인 동시에 좋은 스승이 되겠다는 꿈도 키워 갈 수 있었다. 선생님은 우리나라 최초로 음악 박사학위를 취득한 대학교수로 경희대학교 음악대학에서 정년까지 봉직하셨다. 나도 선생님을 닮아 음악과 평생 친구로, 음악 하는 이들과 평생 친구로, 그렇게 살고 싶었다.

그런데 선생님처럼 살고 싶다는 나의 계획과 꿈은 내 생각대로 진행되지 않았다. 고등학교 2학년 때 독일 장학생으로 선발되어 독일과 네덜란드에서 대학을 졸업하고, 이후 미국에서 박사학위 과정 중에 있을 때까지만 해도 나는 내 의지대로 계획하고, 성실하게 수행하기만 하면 바라던 소망과 기대가 현실이 될 거라 굳게 믿었다. 만약 꿈을 이루지 못했다면 계획이 부실했거나, 노력이 부족했거나, 성실하지 못한 하루하루가 쌓여 만든 결과라고 생각했다. 그러나 그런 생각이 교만인 것을 깨닫는 데에는 긴 시간이 필요하지 않았다.

모든 사람들이 불성실하거나 그릇된 생각 때문에 일을 그르치거나, 벌을 받지 않는 것처럼, 성실하고 또 성실했다고 해도 크고 작은, 깊이를 가늠할 수 없는 고통과 탄식의 나날을 보낼 수 있다. 그러나 그것은 징벌이 아니다. 마땅히 치러야 할 반성의 나날도 아니다. 그것은 우리가, 사람이 도대체 알 수 없는 일일 뿐이다. 그저 안타까워할 뿐인 일이다. 그러나 정말 감사한 것은 어떻게든 살아 내려는 '몸부림'의 힘이 생긴다는 것이다.

그래서 우리는 서로의 불행에 대해서 안타깝게 생각하며 서로를 위로하고 응원해야 한다.

서울성모병원의 로비에 찾아온 햇빛이 환하게 웃어 주고, 들어선 맑고 순한 볕도 우리를 포근히 안는다.

2016년 7월 29일, '가톨릭대학교 서울성모병원 로비 음악회'는 서로 기대어 사는 감사와 기쁨을 새삼 깨닫는 은혜와 2012년 귀국 후 보낸 지난 4년의 시간을 성실하게 살아 낸 풍성한 선물이었다.

그날, 도둑처럼 나를 찾아온…

…

나는 왼손으로 피아노를 연주한다. 엄지손가락으로는 멜로디를, 나머지 네 개의 손가락으로는 화음을 만든다. 왼손과 오른손을 다 사용하는 대다수의 피아니스트가 간혹 왼손을 위한 연습곡과 협주 곡 등을 연주하지만 그만큼 절대적으로 테크닉이 필요한 연주이기 때문에 쉽게 도전하는 곡은 아니다.

2019년 11월 러시아 상트페테르부르크에서 손열음 피아니스트 가 모리스 라벨(Maurice Ravel)의 〈왼손을 위한 협주곡(Ravel Piano Concerto for the left hand)〉을 연주했다. 2021년 유튜브에 업로드된 연주 영상은 이미 조회수가 2만 회에 가깝다. 당연히 손열음이란 뛰 어난 피아니스트의 연주이기도 하거니와 세계적으로 가장 많은 저 작권료를 보유한 〈볼레로(Bolero)〉의 작곡가 모리스 라벨이 만든 단 두 곡의 피아노협주곡 중 하나이기에 유명세가 대단하다. 특별히 왼손을 위한 협주곡은 왼손이 건반 위를 날아다녀야 하는 정도의 기교가 필요하다. 대단히 빠르고 격정적이며, 동시에 힘이 넘치는 협주곡은 곡을 헌정 받은 비트켄슈타인조차 편곡을 요청할 정도였다고 한다. 모리스 라벨의 왼손을 위한 협주곡은 어떤 곡에도 견줄 수 없는 빠르기와 다양하고 어려운 기교로 악명 높은, 감히 신의 경지를 논하는 곡이기도 하다.

손열음의 연주는 자신감 넘치고 역동적이었다. 그의 여느 연주처럼 당당하고 세련된 힘을 느낄 수 있었다. 연주는 손열음의 왼손으로 견고하게 꾸려 낸 세계였다. 일반적으로 피아노 연주는 왼손과 오른손을 모두 사용할 때 멜로디와 화음이 풍성해지고 곡을 표현할 수 있는 방법도 더 다양할 수 있을 것이라고 생각한다. 틀리지 않다. 그러나 같은 곡을 연주자에 따라 다르게 해석하고, 연주하며 자신의 개성을 구성해 가는 일련의 과정은 감상의 다른 방법을 만들어 준다. 그래서 양손 연주가 절대적일 수는 없다.

왼손으로 연주할 수 있는 곡이 1,000곡이 넘는다는 사실은 왼손 연주의 특별한 '세계'가 있음을 말해 주는 것이기도 하다. 작곡가들은 왼손의 역할과 잠재된 능력을 이미 알고 있었을 터이다. 그동안 사람들이 익숙하게 감상했던 연주는 어쩌면 일반화된 피아노 연주와 감상의 '틀' 속에서 경험한 것인지도 모를 일이다.

나는 왼손 피아니스트다. 그러나 피아노를 시작한 처음부터 왼손 피아니스트였던 것은 아니다. 좀 더 솔직하게 말하면 왼손으로 연주할 수 있는 곡이 1,000곡이 넘는다는 사실조차 모르고 있었던 연주자였다. 그러나 2012년 여름 이후 나는 왼손 피아니스트가 되기로 결심했고, 연습하고, 연주 활동 중이다.

2012년, 나는 미국 신시내티대학교(University of Cincinnati) 음악대학에서 박사학위 논문을 작성 중이었고, 심사를 앞두고 있었다. '윤이상과 토루 타케미츠의 피아노 작품 비교 분석'이란 제목의 논문이었다. 나는 논문을 쓰는 과정이 크게 부담스럽지는 않았다. 어렵고 힘든 일에 부담감을 느끼면 문제 해결이 더욱 어려워지는 것 같아서 의식적으로 스트레스를 피했다. 학위논문도 그랬다. 주제를 일찍부터 정했기 때문에 전체 개요를 완성하고, 자료를 검토하고, 선행 연구를 검토한 이후에는 매일매일 조금씩 쌓아 가자며 스스로를 토닥였다. 그리고 그 매일이 즐거운 작업이라는 것에 눈을 뜨면서부터 이를 더욱 상기했던 것 같다. 그러나 실제 논문을 쓰는 과정에서 즐거움도 적지 않았다. 선행 연구를 검토하면서 내 연구의 독창성도 훨씬 더 살찌울 수 있었고, 자신감도 생겼다. 게다가 태어나면서부터 긍정성을 장착한 덕분인지 어떤 일이든 원만히 해결될 거라는 믿음이 있었다. 그 덕분에 논문을 쓰는 시간도 크게 괴롭거나 힘들지 않았던 것 같다.

그날도 논문을 쓰다가 평소처럼 저녁 7시쯤 저녁을 해 먹기 위해서 지하 조리실로 내려갔다. 나는 그때 혼자 사시는 독일인 할머니 댁 2층에 4년 남짓 세 들어 살고 있었는데 김치찌개나 된장찌개 등 외국인들이 별로 좋아하지 않는 음식들을 조리하는 일이 잦아서 할머니는 특별히 지하 조리실을 쓰도록 해 주셨다. 그 시절 나는 친구들이나 후배들과 어울려 오하이오주(물론 학교 근처이거나 학교와 멀지 않은 곳이었지만) 맛집 이곳저곳을 찾아다니기도 했고, 새로 문을 연 식당의 맛을 아~주 구체적으로 전달받거나, 전해 주는 등의 일에 재미를 느꼈다.

워낙 사람을 좋아하고, 친구들과 경험과 생각을 나누는 일에도 열심이어서 나의 하루는 새벽부터 할 일과 계획 등이 빼곡하게 들어찼다. 종종 친구들을 집으로 초대해서 그리웠던 한국 맛을 '찐하게' 느끼도록 음식도 만들어 주곤 했는데, 이것 또한 주인 할머니의 배려가 없었다면 어려웠을 일이다.

그날, 나는 두부김치찌개를 끓였던 것 같다. 가스불 위에 물을 담아 놓은 냄비를 올리고, 냉장고에서 재료를 꺼내려던 참이었다. 냉장고 문을 여는데 순간 한번도 경험해 보지 못한 어지럼증이 느껴졌다. 순간 눈에 보이는 모든 것들이 한데 섞여 흐릿해졌고 몸을 가눌 수 없었다. 나는 냉장고 문을 잡고 쓰러졌고, 얼마나 흘렀을까 할머니의 다급한 외침과 911에 연락하는 목소리 등이 어렴풋하게 기억난다. 그리고 병원에 이송된 이후는 캄캄. 며칠 뒤 병원에서 깨어났을 때에도 현실에 대한 이해는 없었던 듯하다. 병원이긴 한 것 같은데 그조차도 현실인지 꿈인지 모르겠고, 내가 병원에 온 이후 급하게 진행된 수술 내용도 알 수 없었다. 내 몸에서 어떤 일이 일어난 것인지 아무 생각도 나지 않았다.

같은 대학에서 공부하던 후배의 말에 의하면 나는 열흘 만에 깨어났다고 했다. 응급수술을 하고 이제야 의식이 돌아왔다는 것인데, 설명을 들어도 도통 현실이란 생각이 들지 않았다. 나는 후배들과 친구들을 알아봤다. 그건 당연한 일이라고 생각했다. 통증은 크게 느껴지지 않았던 것 같은데 묵지근한 느낌이 마치 머리에 돌덩이가 얹힌 것 같고, 내 몸이 무엇인가에 묶여 있는 듯한 느낌이 강했다. 손을 들거나 다리를 펴고 싶은 생각이 들지는 않았지만, 안 될 것 같다는 생각도 컸다. 확인하고 싶지 않아서 나는 아예 시도조차 하지 않았다. 그리고 수술했으니 그럴 수 있다고 생각하며 시간이 지나면 몸도 제 모습과 역할을 찾을 수 있을 거라고 생각했다. 그러나 목구멍 밖으로 말이 나오지 않는 것은 좀 두려웠다. 말을 하려고 해도 소리가 나지 않았다. 힘없는 바람만 맥없이 혀와 이 사이로 흩어지기를 반복했다. 두려움과 무서움이 엄습했다.

뇌졸중.

내 병명이었다. 눈으로는 볼 수 없는 머릿속 혈액의 흐름에 문제가 생긴 것인데, 뇌혈관 중 어디 한 곳이 막혔던 것 같다. 이렇게 되기까지 어떤 증상도 인지할 수 없었다는 것이 정말 아쉽고 속상했다. (실제 나는 어지러움증을 느꼈다거나 말이 어눌해졌다거나 등의 증상이 없었다.) 그러니 어쩌겠는가, 깊은 밤에 도둑을 맞듯 그렇게 당할 수밖에 없었던 것이다.

그런데 정말 다행이고 감사한 일은 그날 냉장고 앞에서 쓰러진 나를 주인 할머니께서 발견하셨다는 점이다. 할머니는 평소 저녁 7시

전후로 주무셨다. 이른 저녁을 지어 드시고, 1층 거실에서 텔레비전을 조금 보신 후에는 곧장 잠자리에 드셨다. 그날도 나는 지하 조리실로 내려가면서 안녕히 주무시라는 인사를 했더랬다. 어쩌면 그것이 마지막 인사가 될 수도 있었다.

할머니는 그날 잠이 오지 않아서 평소보다 좀 더 오래 텔레비전을 보셨더란다. 그날따라 잠이 오지 않아서 그냥 텔레비전 앞에 앉아 계셨다는데 아마도 나를 위한 할머니의 역할이 있었기 때문에 그랬던 것 같다. 텔레비전 앞에 무료하게 앉아 계시던 할머니는 내가 저녁을 먹고 설거지를 마치고, 뒷정리를 다 하고서도 올라올 시간이 지났는데 조용한 것이 이상하셨더란다. 평소 내게 이런저런 당부의 말씀과 주의사항 등을 자주 이야기하지 않으셨던 분이었고, 믿고 맡기는 분이셨던지라 특별히 내가 한국음식을 맛보여 드리고 싶어서 초청하지 않는다면 지하 조리실에 오지 않으셨는데 그날 할머니는 지하로 내려오셨고, 쓰러진 나를 발견하셨다. 불러도 대답 없는 나를 보고 당신도 많이 놀라셨을 텐데 할머니는 몸과 마음을 추스르고 911을 부르셨다. 덕분에 나는 살았다. 할머니가 아니었다면 나는 지금 없는 사람인 것이다.

나를 살리고 지킨 사람들

...

　주인 할머니의 911 신고 덕분에 나는 신시내티대학병원에서 응급 수술을 받았다. 이후 한국에서 어머니와 동생이 도착하기까지 보름 남짓한 시간 동안 나의 보호자가 된 사람들은 한국 친구들과 후배들이었다. 평소 함께 식사하거나 공부하며 서로를 응원하고 격려했던 후배들은 입원 소식을 듣고 병원으로 찾아온 듯하다. 할머니가 교수님 전화번호를 911에 알려 줬고, 당시 신시내티를 떠나 학회에 참석 중이던 교수님은 한국인 유학생에게 연락해서 내 소식을 전하셨단다. 한국인 유학생 후배들은 연락망을 돌리고, 당장의 수술을 위해서 병원으로 달려왔다. 보호자를 자처하여 수술과 입원 등을 책임져 주었고 이후 한국 가족들에게도 연락을 했던 모양이다. 친구와 후배 중에는 내가 살았던 집에 찾아왔던 친구들도 있었고, 한국 유학생 모임에서 친분이 있었던 친구들도 있었다. 지금 이곳에 그들의 도움을 다 말하기에는 지면이 너무 적다. 그리고 내 글솜씨로는 그 마음을 다 표현할 수 없다. 그저 고마운 마음을 이름을 호명하는 것으로 대신하는 것을 용서한다면 힘껏 불러 보련다.

"고맙다. 정도행, 김은정, 김정인, 김수진, 서혜리, 강용식, 한창석! 사랑한다!"

후배와 동료는 한국 본가에 수술 소식을 알렸고, 깊은 밤 소식을 들은 어머니와 동생은 당장 직항 비행기표를 구할 수가 없어서 일본에서 출발하는 비행기표를 어렵게 구했단다. 서울에서 부산으로 내려가서 도쿄와 시카고를 거쳐서 신시내티에 도착하기까지 4곳을 경유, 꼬박 이틀이 지나서야 내가 입원한 병원에 도착할 수 있었던 것이다. 후배들은 공항에 나가서 어머니와 동생을 맞았고, 특히 어머니를 안심시키기 위해서 당시 출산을 앞둔 후배까지 나서서 어머니를 모셔 왔다.

긴 비행으로 깊은 밤이 되어서야 병원에 도착한 어머니는 입원실로 들어서서 누워 있는 나를 보시자마자 그 자리에서 무릎을 꿇고 기도를 시작하셨다. 어머니는 수술로 얼굴과 머리가 크게 부어 있는 나를 단번에 알아보셨단다. 놀랍게도 눈물이 흐르기보다 바로 기도가 시작되었다고 하시는데 '하나님의 뜻이 무엇인지 알게 해 달라'는 기도였다고 하셨다. 어머니의 간절하고 굳은 믿음의 기도가 나를 일으켜 세운 것이리라. 어머니가 기도하시던 그때, 나는 수술 후 의식이 없었고, 열흘이 지나서야 의식을 회복했다. 내가 깨어나기 전까지 어머니와 남동생은 물론 한국 및 외국 유학생 여러 명이 병실을 찾아 나를 위해 기도했는데 깨어난 내가 어머니와 동생을 알아보는 듯하고, 또 외국 유학생이 'Thank you.'를 한국어로 뭐라고 하느냐고 물어봤는데, 내가 "감사합니다."라고 대답했을 때 모두들 환호성을 질렀다. 서로 부둥켜안고 소리치고 웃고 우는 그 모습이 무슨 축제마냥 영화처럼 펼쳐졌다.

어머니는 기쁨의 눈물을 흘렸고, 유학생 후배들은 의사를 불러와서 이상이 있는지 없는지 확인했고, 그때 뇌경색이 왔다는 진단이 내려졌다. 나는 얼굴 전체가 부어올라 눈조차 뜨기 어려워 어머니 얼굴도 잘 보이지 않았지만 어머니의 걸음과 숨소리까지 명료하게 들을 수 있었다. 그러나 나는 다른 사람들의 웃음과 기쁨을 보았으면서도 걱정이 화살처럼 가슴에 박혔다. '어머니의 아픔을 어떻게 하나?'였다. 나를 위해서 모든 시간과 에너지를 쏟고 당신의 시간까지 기꺼이 내어 주신 어머니. 나는 그날 이후 수시로 두 손을 모아 드렸던 간절한 어머니의 기도를 또렷하게 기억하고 있다.

"하나님, 하나님, 하나님의 뜻을 알게 해 주십시오."

어머니는 목놓아 울지 않으셨다. 내 얼굴과 손발을 찬찬히 만져 보셨지만 어떤지, 왜 이렇게 되었는지 한탄의 말씀도 하지 않으셨고, 내게 일련의 상황을 묻지 않으셨다. 어머니의 목소리는 작지만 힘 있었는데 아마도 솟구치는 눈물을 삼키셨기 때문인 것 같았다.

늦은 밤에 도착한 어머니와 동생을 위해서 후배들은 병원에서 운

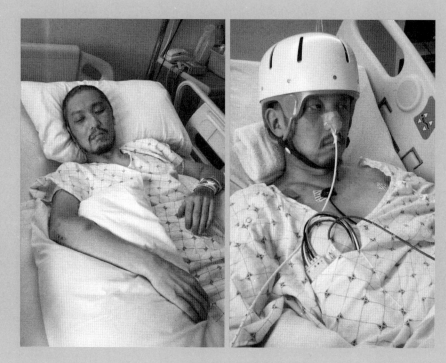

미국 병원에서 투병 중

영하는 보호자 숙소를 미리 예약해 두었고, 간단한 먹거리도 준비해 두었다고 한다. 놀라서 달려온 동생과 어머니가 무슨 입맛이 있어 밥을 챙겨 먹을 수 있었을까, 다음 날 새벽에 자리에서 일어난 어머니는 눈에 띈 커피와 바나나를 하나 드셨다는데, 그제야 비로소 아들 곁에 왔다는 현실이 느껴졌다고 하셨다. 어머니는 소식을 듣고 나를 만나러 오신, 꼬박 이틀의 시간을 감각하지 못하고 계셨던 거다.

어머니는 뜬눈으로 미국에서 첫 밤을 보내셨을 거다. 물론 소식을 듣고 내가 있는 곳으로 오기까지도 그러하셨을 거다. 어머니는 늦은 밤 전화벨 소리를 듣게 되었을 때부터 뭔가 좋지 않은 일이 생긴 것 같다고 직감하셨단다. 아마도 어머니이기에, 어머니에게만 있는 인지능력으로 그런 생각이 드셨을 거다. 그래도 어머니는 전화를 받고부터 나를 만나러 오는 내내 한 번도 아들의 죽음을 생각하지는 않으셨단다. 내가 죽을 거라 생각하지 않으셨고, 혹 자리에서 일어나지 못하면 어떡하지 라는 두려움도 없었다고 하셨다. 때문에 그저 살아만 있어 달라는 간절한 기도도 하지 않으셨다고 했다. 어머니의 담대함의 근원을 생각할 때마다 나는 놀라움과 함께 무엇에도 견줄 수 없는 큰 힘을 느낀다.

나는 뇌졸중으로 왼쪽 뇌의 60%가 손상되었다. 가장 두드러진 증상은 몸 오른쪽이 마비된 것인데, 오른손을 움직일 수 없고, 오른쪽

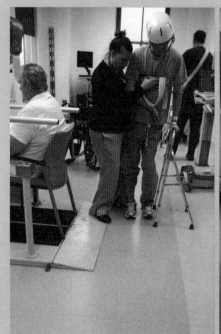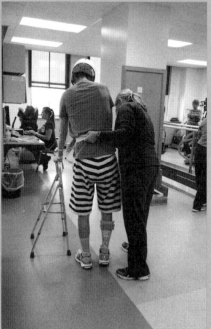

재활 치료

다리에도 힘이 없었다. 손가락은 곱았고, 팔은 내 의지대로 자리를 찾지 못했다. 처음에는 힘없이 축 쳐진 팔과 곱은 손가락이 얼마나 낯설던지 내 통제 바깥의 다른 '것'이 내 몸에 붙어 있는 것처럼 생각되었다. 가만히 만져도 보고, 살살 꼬집어도 보았으나 그것은 바라보기만 하는 것일 뿐, 감각이 없었는데 내 의지 따위는 전혀 아랑곳하지 않으려는 것 같았다.

오른팔은 물론이거니와 다리도 내 생각과 마음을 알지 못하고 제 마음대로 놓여져 움직임이 없었다. 무엇보다 두렵고 무서웠던 것은 말이 안 되는 거였다. 그러니까 하고 싶은 말과 해야 할 말들은 머릿속에 가득한 것 같은데 도대체 목구멍에서 말이 나오지 않았다. 혀가 너무나 무겁게 느껴졌고, 목에서 힘겹게 소리가 나온다고 해도 그것은 말로 빚어지지 못했다. 도대체 발음이 되지 않는 답답함은 견디기 어려웠다.

어머니도 알아보겠고, 동생과 후배들의 얼굴과 목소리도 익숙하고, 주변 상황에 대한 인식도 가능한데 말이 나오지 않아서 뜻과 생각을 전할 수 없으니 계속 이런 상태가 지속되면 어쩌나 두렵기까지 했다. 침묵 속에 갇힌다고 생각하니 무서웠고, 내가 좋아하는 사람들과 이야기를 나눌 수 없다는, 무엇보다 내 생각과 말을 지금부터 영원히 전할 수 없는 것은 아닐까 생각하니 화가 났다.

그러나 이 상태가 오랫동안, 아니면 영구적으로 지속될 거란 생각은 하지 않았다. 두려워서 피했던 것이 아니라 그렇게 될지 모른다는 생각조차 없었다. 의사도 수술 이후를, 재활의 결과를 예측하기 어렵다고 했지만 나는 점차 나아질 것이고, 다시 이전처럼 피아노를 연주하며 살 수 있을 거란 막연한 생각이 확고하고 또렷했다. 그때는 말을 할 수 없을 거란 두려움을 이겨 내는 것만이 유일하고도 급한 과제였다.

시간이 지나면서 오른쪽 마비도, 말하기도 서서히 풀리고 좋아질 거라 믿고 나를 달랬다. 내가 할 수 있는 것은 그것뿐이었다. '피아노를 할 수 있을까, 어떻게 치지?'란 문제는 당장의 걱정도 두려움도 아니었다. 막연하나마 나는 다시 피아노 연주를 할 수 있다고 생각했기에 그것이 두렵지는 않았다. 그리고 또 그 일은 다른 두려움에 가려져 걱정할 겨를도 없었다. 그때의 나는 한번도 상상해 보지 않은 상황 속에서, 한번도 경험해 보지 못한 매일과 순간을 인내하고 인정하는 것에 내 모든 힘과 정신과 영혼을 집중해야 했다.

신시내티대학병원에서 진행된 재활 치료는 운동장 같은 넓은 곳에서 진행됐다. 운동장 같은 곳에서 보호자와 함께 재활 치료사의 도움을 받아 걷는 것부터 시작했다. 마비된 오른쪽 다리와 팔에 힘을 기르기 위해서 부축을 받아 휠체어에서 일어나고 이끄는 대로 한 걸음 한 걸음 떼어 보는 일은 온몸에 힘이 들어가서 걸음을 뗄 때마다 나도 모르게 땀방울이 뚝뚝 떨어졌다. 그러나 그 시간은 나를 오롯이 내게 집중할 수 있게 했다. 그리고 걷겠다는 마음과 의지가 하나로 모아지는 순간을 경험할 수 있게 해 주었다. 그러나 마음과 달리 몸은 굳건하게 굳어 있기를 포기하지 않았고, 나는 내 몸이지만 통

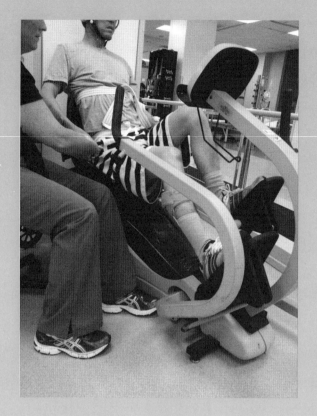

재활 치료

제 바깥에 있는 몸에 무력감을 느끼기도 했다.

어머니도 재활 치료 때마다 현장에 함께 계셨는데, 언제나처럼 지켜보기만 하셨다. 지금 생각해 보면 어머니는 나를 보고, 또 상황 때문에 눈물짓는 일이 거의 없으셨다. 그럴만한 마음과 상황이 수차례 있었을 테지만 말씀하지 않으셨던 어머니의 마음을 충분히 짐작한다. 어머니는 아들에게 기대의 마음도 부담이 될까 삼가셨고, 과한 칭찬과 격려의 말도 현실을 부정하게 될까 아끼셨다. 지금도 헤아리기 어려운 어머니의 마음과 생각은 그저 짐작만 할 수 있을 뿐이다. 지금도 곁에서 일상을 함께하시는 어머니는 어떤 마음으로 매일 나를 만나시는 걸까.

내가 아는 어머니는 그저 자연스럽게, 꿈을 위해서 가겠다는 자식들의 의지를 확인하면 묵묵히 필요와 도움을 채워 주셨던 분이다. 내가 어쩌면 덤덤하게 오른쪽 마비와 언어장애의 상황을 받아들이고, '할 수 있는 일을 할 수 있었던' 것도 어머니가 50여 년 남짓 몸으로 보여 주셨던 '마음 표현의 힘'을 배워서일 것이다.

나는 입원해 있는 동안 부들부들 떨리는 몸과 낯설게 지내면서 스스로 몸을 움직일 수 있다는 것이 얼마나 큰 감사인지를 하루의 사이사이, 재활 치료의 사이사이에 크게 깨달을 수 있었다. 그러나 수술 후 의식이 돌아오고, 재활 치료를 시작할 즈음에만 해도 감사를 느낄 여유조차 없었다. 컵이나 블록 등 가볍고 단순한 모형의 물건을 집어 올리고, 옮기는 등의 반복적인 훈련은 나라는 사람을 다시 인식할 수 있도록 했고, 솔직히 그때마다 표현하기 힘들 만큼, 그래서 더욱 표출할 수 없는 자괴감이 들기도 했다.

나는 일어서고, 셔츠의 단추를 채우고, 물컵을 들고 마시는 등의 일을 하지 못하는 일상의 공포에 짓눌려 있었고, 실낱같다 해도 희망이란 말과 생각은 감히 품을 수 없었다. 피아노 연주… 피아니스트… 교수…는 너무 멀리, 어쩌면 다시 닿을 수 없는, 그리하여 '희망'이란 단어는 두려워 입 밖에 낼 수 없는 생각이고 바람이었다. 막연하지만 처음에 품었던 '좋아질 내일'은 재활 치료를 하는 동안 그저 내일이기만 했다.

그러나 손가락을 움직이고, 물을 삼키고, 말을 연습하는 가장 작은 일에 도전해야 하는 '다시 태어난 사람'이라면 다시 처음부터 배워야 했다. 어차피 시간이 지나야 결과를 볼 수 있는 것이라면 아무것도 하지 않고 있을 수 없었다. 더 많이, 한 번 더 연습하고 땀 흘려야 다시 살 수 있는 거였다.

어머니의 기도처럼 현실은 하나님의 계획을 완성해 가는 과정일 수 있을 것이다. 여기가 끝이 아니라 이전의 삶, 그러니까 내가 충분히 미래를 짐작하고 계획했던 삶이 전혀 다른 모습으로 진행되는 오늘은 또 다른 삶의 모습을 펼쳐 놓고 있지 않은가. 그렇다면 내일은, 또 미래는 알 수 없는 것이 된다. 그러니 내 의지대로 어떻게든 꾸려 가겠다는 생각이 부질없다는 것을 깨닫는 것이 어쩌면 철저하고도 구체적인 계획보다 더 시급하고도 중요한 과제인지 모른다.

그렇다면 나는 기꺼이 살고, 기쁘게 살아야 한다. 나의 의지대로 살아갈 수 없음을 알았다면, 이제는 힘을 빼야 할 때였다. 주어진 시간과 곁의 사람들에 감사하며 시간과 계절의 흐름에 기대어 살면 되는 일이었다. 그렇게 생각을 정리하니 어쩌면 반신불수로 평생을 타인의 보살핌과 도움으로 살아가야 할지도 모르는 내 시간과 삶도 인정하며 살 수 있을 것 같았다.

집을, 마음을, 유쾌함을 나눠 주신 교수님

...

병원에서 재활 치료를 진행하고 퇴원 권유가 있었다. 퇴원 후 집에서 병원을 오가며 재활 치료를 하라는 권고였다. 일상으로의 복귀는 기다렸던 일이기도 했지만, 또 반드시 필요한 일이었지만 당장 병원 밖을 나서려니 두려움이 엄습했다. 문제는 또 있었다. 어머니와 함께 이전에 살던 집으로 갈 수는 없었다. 계단이 많았고, 방이 비좁기도 했으며 연로하신 할머니께도 부담을 드릴 수 있는 일이었다.

후배들이 수소문하는 중에 다니던 신시내티대학교 음악대학 교수님께서 흔쾌히 자신의 아파트로 오라는 연락을 주셨다. 혼자 살고 계셨던 선생님은 한국으로 돌아가기 전까지 자신의 아파트에서 함께 지내자며 넓은 방을 내주셨고, 지내는 동안 유쾌함을 보여 주시는 것으로 나와 어머니의 마음까지 살펴 주셨다. 나는 고마운 사람들 곁에서 따뜻한 보살핌을 받으며 건강을 회복해 갔다. 몸의 변화는 더뎠고, 아직 목소리도 맑지 않고 쇳소리도 강했지만, 게다가 발음도 어눌해서 그 뜻을 알기도 어려웠지만 마음은 평안했다.

교수님 댁에서 찍은 사진_매일 걷기 연습으로 하루를 쌓았다

하루라도 빨리 회복하여 이전처럼 걷고, 말하기를 기대하는 조급함을 물리치고 나니 오늘 몇 걸음 더 걸어 보고 어제보다 조금 더 높게 팔을 드는 일이 하루의 목표가 되었다. 어제보다 더 많이 걷고, 더 세게 손에 힘을 주어 보고, 소리 내어 책 읽기를 더 많이 하려고 노력하는 내가 스스로 기특했고 나와 했던 약속을 지킨 기쁨과 보람에 뿌듯했다. 그렇게 나는 곁을 지켜 준 이들의 정성으로 차근차근 하루하루를 쌓았다.

그러던 어느 날, 어머니는 후배들과 한국 마켓으로 장을 보러 나가셨다. 고마운 교수님과 후배들에게 한식을 한 상 차려 주고 싶다고 하셨다. 한국에서처럼 흔하게 구할 수 있는 식재료는 없었지만 어머니는 마술을 보여 주셨다. 불고기와(특별히 교수님이 정말 좋아하셨다) 무생채, 계란말이, 오이무침 등을 하셨던 것 같다. 교수님은 물론 후배들도 맛있게 식사하며 모처럼 여유로운 시간을 즐겼다. 평안하고 편안한 시간이었다. 생각해 보면 갑자기 쓰러지고, 입원과 수술, 재활 치료에 이어 퇴원까지, 나는 마치 쏟아지는 장대비 속을 걸어온 듯했다.

빗속을 걸어가는 것 외에 다른 방법은 없었다. 피할 수도 없었고, 온전히 걸어내야만 비를 피할 곳에 도착할 수 있었다. 그리고 그 길에서는 예상하지도, 상상하지도 못했던, 태어나 처음 겪는 일들을 맞았다. 그때마다 고마운 '내 사람들'은 함께, 묵묵히, 걸어 주었다. 그 과정에서 그들의 일상에는 불편함이 끼어들었을 것이다. 해야 할

거의 매일이다시피 나를 찾아와 응원하기에 열심이었던 친구들

일이나, 하지 못했던 일도 있었을 것이다. 그들은 어쩌면 가족과의 약속을 미루어야 했을 것이고, 가족과 함께할 시간을 덜어내 내게 나누어 주었을 것이다. 그들은 유학 생활이란 녹록지 않은 매일을 살면서 꼭 필요했을 쉼의 기회와 시간도 기꺼이 내게 덜어 주었을 것이다. 그들의 마음과 수고를 생각할 때마다 뜨겁고 묵직한 것이 명치를 채운다.

그날은 그간의 긴 여정에 대해서 마음놓고, 편안히 이야기할 수 있었던 것 같다. 함께 모여 식사를 하거나, 차를 마시는 느긋함조차 감히 꿈꿔 볼 수 없었던 시간을 지나왔지만 우리는 그날에야 비로소 놀라고 당황했던 기억을 숨김없이 꺼내 놓을 수 있었다. 그리고 그날 화제의 마지막은 무조건 '해피엔딩'이었다. 친구들과, 후배들과 함께 웃으면 나도 모르게 긍정의 에너지가 솟구쳐 오르는 것 같았다. '그래, 모든 일이 잘될 것이다. 내게 이렇게 좋은 사람들이 있어서 나는 죽지 않고 살아날 수 있었다. 그러니 앞으로 어떻게 살든, 무엇을 하며 살든 잘 살 수 있을 것이다.' 주문을 외듯 마음속으로 되뇌며 나에게 약속하고 있었다. 폭풍우를 함께 지나온 동지들과의 저녁 식사는 그렇게 한없이 느긋하고 평안했다.

다시, 피아노를 보다

...

그날 동지들의 위로와 응원이 정말 뜨겁고 열광적이기까지 한 데는 낮에 있었던 이벤트 때문이었다. 뇌졸중으로 쓰러진 이후 처음으로 교수님과 함께 피아노 연주를 한 것이다. 어머니와 후배들이 시장에 간 오후, 교수님과 나는 재활 치료 과정 등에 관해 이야기를 나누고 있었다. 교수님은 나의 몸 상태가 많이 좋아졌다고 하시면서 나를 강하고 멋진 청년이라고 칭찬하셨다. 어려운 수술이 무사히 끝났고, 마비된 몸도 조금씩 달라지고 있으니 지금처럼 좋은 에너지를 잃지 말라고 당부하셨다. 그렇게 덕담을 건네시던 교수님은 새롭게 시작하는 나를 축하하자고 말씀하시더니 자연스럽게 피아노 연주를 제안하셨다.

연주곡은 〈나의 갈 길 다 가도록(All the way my Savior leads me)〉이란 제목의 찬송으로 미국에서도 한국에서도 많이 알려진 곡이다. 나는 갑작스럽지만 매우 자연스러웠던 교수님의 제안에 적잖이 당황했지만 당황한 모습을 들키고 싶지는 않았던 것 같다. (지금 생각해도 왜 그랬는지는 모르겠지만 연주자로서 나의 정체성을 지키고 싶었던 것 같다.) 물론 내 상태에 대해서 교수님도 이미 다 알고 계셨다. 그때 나는 무언가를 붙잡고 겨우 일어설 정도였고, 그나마 왼손에 힘을 주는 정도로 버틸 수 있었다. 마비가 된 오른발은 좀처럼 발을 떼는 것조차 생각하지 않는 듯했고, 그나마 다행하게도 왼쪽 다리에는 힘이 느껴지고, 바닥에 끌리는 수준이었지만 내 의지대로 움직일 수 있었다.

왼손과 오른손도 이와 비슷했고, 손가락도 곱아서 매일 꼭꼭 눌러 주무르고, 집어 올리고, 블록을 끼워 넣는 등의 소동작 근육 운동을 빼놓을 수 없었다. 나는 그런 작은 움직임에 감사하고 만족하기로 마음먹었고, 그 일에 최선을 다하는 것으로 '살아 있다'는 것을 알았다. 그런 형편의 내게 교수님이 연주를 하자고 말씀하신 거다. '할 수 있을까?' 나는 교수님이 연주하자고 제안한 곡이 무엇인지는 알고, 또 교수님의 말씀도 대체적으로 알아들을 수는 있었지만 정작 그 악보가 생각나기는 할런지 걱정과 두려움이 앞섰다.

사실 뇌졸중으로 영어를 잊었다. 고등학생 때부터 사용한 독일어는 그나마 기억에 남아 있었는데 영어는 가장 오래 쓴 말임에도 기억나지 않았다. 그것이 놀랍지만 어쩌랴 뇌를 어떻게 이해할 수 있겠는가, 결과에만 갇힐 뿐인데. 하지만 걱정이 또 있었다. 악보 없이 연주할 수 있을까, 머릿속이 복잡해지기 시작했다.

이렇게 얼떨결에 피아노 앞에 앉으리라고는 생각하지 못했다. 다시 연주할 수 없을 거라는 절망감도 한참 지난 후에야 느낄 감정이라 생각하고 미뤄 둔 터였다. 우선은 일어서고, 앉고, 들고, 집는 가장 기본적인 움직임이 가능하도록, 그것에 집중했다. 그래서 매일 최선을 다했다. 그런데 갑자기 피아노 앞에 앉게 되었다.

교수님은 연주를 시작하시며 찬송곡을 흥얼대셨다. 정확하게 가사를 말씀하지는 않으셨지만 하나님의 은혜와 축복을 간구하는 것으로 짐작했다. 나는 두렵고 설레는 마음으로 왼손을 피아노 건반에 올렸다. 순간 내 손은 얼어붙은 듯 움직이지 않았고, 검지와 중지도 제자리를 알지 못했다. 건반 위에서 내 손은 당황하며 움직이지 못하다가 겨우겨우 교수님의 멜로디에 따라서 화음을 만들어가기 시작했다. 지금도 놀라운 것은 멜로디를 들으며 '두려움 없이' 화음을 만든 거였는데, 아주 간략하고도 단조로운 화음이었지만 왼손이 기억해서 건반 위를 더디게나마 움직이는 모습에 스스로도 놀랍고 경이로웠다.

All the way my Saviour leads me
Cheers each winding path I tread
Give me grace for every trial,
Feeds me with the living bread

더디고 늦은 왼손 움직임 때문에 실망하실 것 같아서 마음이 불편한데 교수님은 내내 즐겁고 진지한 표정이셨다. 왼손에 온 정신을 집중하다 보니 손가락은 처음보다 더 많이 경직된 것 같았다. 그렇지만 교수님은 그런 나를 염려하거나 동정하지 않으셨던 것 같다. 오히려 화음을 기다리는 멜로디를 만들어 가시며 연주가 중단되지 않도록 연결하셨다. 갑작스러웠던 연주는 더디게 이어지며 '다시 할 수 있다'거나 해야 한다는 생각조차 허락하지 않으면서 가끔은 캄캄했던 절망의 현실을 봉합하고 있었다. 교수님과 나의 연주는 띄엄띄엄 박자를 놓치면서도 끊기지 않고, 느리게, 느리게 이어지고 있었다.

나는 후반에 이르러서야 곡의 내용을 생각할 수 있었다. 나의 길을 다 가도록 예수의 은혜가 함께하고, 나를 이끌어 주신다는 내용은 분명 그때의 내가 받은 놀라운 축복이고 생생한 경험의 실체였다. 더불어 곡의 내용은 선생님이 내게 전하고 싶은 응원과 축복이었다. 내 곁에서 나를 응원하고 보살펴 준 사람들의 마음을 다시 한 번 진하게 전달받을 수 있었다.

나는 참 오래간만에 듣는 피아노 소리와 왼손으로 전해 오는 건반의 감각에 전율을 느꼈다. 그것은 들뜨고 뜨거운 것이 아니었다. 오히려 고요의 바닷속으로 침강하듯 차분했고, 비장했다. 마치 일생일대의 중대 결정을 한 이후의 편안함이랄까, 내려놓아서 오히려 가벼웠던, 그리하여 마음이 함부로 나를 뒤흔들지 않는 고요였다. 그 감정 속에서 나는 피아노와 편안히 이별할 수 있을 것 같았다. 더 이상 연주가 어렵겠다는 두려움 때문은 아니었다. 그럼에도 '나는 연주자'라는 정체성을 확인했기 때문은 더더욱 아니었다. 담담하

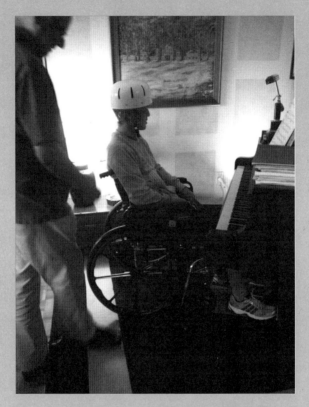

교수님 댁에서 찍은 사진_교수님 제안으로 피아노 앞에 앉다

게 현실을 인정하겠다는 생각이었다.

그때의 나의 형편과 상황을 감정의 동요 없이 순순히, 냉정하게, 분명하고도 정확하게 인식하고 수용해야겠다는 생각이 자연스럽게 찾아들었다. 속상하거나 슬픈 감정은 아니었다. 다시 피아노를 할 수 없다고 해도 나는 현재의 몸 상태보다 더 좋아져서 적어도 어머니와 가족의 도움 없이 살아갈 노력을 하는 것에 온 힘을 쏟아야 했다. 피아노를 깨끗하게 보낼 수도 있을 것 같았다. 찬송을 연주하며 피아노 연주자 말고도 내가 살아갈 다른 길과 방법이 있을 것이란 믿음이 생겼다. 마음은 차분해졌고 정돈되었다. 새 계획과 희망으로 들뜨지 않으면서 물 흐르듯 자연스러운 흐름을 좇기로 했다. 흐름대로 살기로 했다.

그러나 그날 연주는 내 곁을 지킨 사람들에게는 나와 다른 소망과 희망을 선물했다. 아파트에 도착해 현관문을 열고 들어선 어머니와 후배는 짧은 순간 걸음과 숨을 멈췄다고 했다. 내가 환하게 웃으며 피아노 앞에 앉아 있는 모습이 감동이었고, 죽음에서 살아온 내가 다시 연주자로 회복할 수 있을 것이란 기대가 그 순간에 찾아들었다고 했다. 후배들은 순간 환호성을 질렀다. 수술 후 의식이 돌아와서도 그들 사이에서 '피아노'는 내 앞에서 말할 수 없는 금지어였다. 누구도 내게 피아노와 연주에 대해서 말하지 않았다. 그런데 피아노 앞에 앉은 나를 보았으니 그들의 바람이 응답받은 일이 벌어진 것이다. 그들은 다시 소망의 실현을 기대했고, 이전보다 더 열심히 기도로 응원하기 시작했다.

피아노… 나는 그것을 좋아했고, 사랑했다. 그날, 그때도 그랬다. 온 마음으로 사랑했지만 그 마음으로 다시 하겠다는 욕망이 자극되지는 않았다.

하지만 나는 그날 바람처럼, 그 바람에 흔들리는 나뭇잎처럼 자연스럽고 태연하게 피아노를 좋아하는 내 마음을 다시 확인할 수 있었고, 그렇게 피아노와 함께 걸어가 보기로 마음을 정했다.

피아노를 처음 만나고-피아노 소리에 빠지다

...

   피아노를 시작한 것은 초등학교(내가 학교에 다닐 때는 국민학교였다) 입학 전이었다.

   땀이 날 정도의 볕은 아니었지만 화사하고 밝은 빛에 눈이 부셨던, 아마도 봄이 끝날 즈음이었을 거다. 친구들과 어울려 골목길을 뛰어놀다가(왜 그때는 모든 길에서 뛰었는지, 걸음이란 곧 달리기라 이해했던 때가 있었다. 왜 그랬는지 지금도 궁금하다) 학교 문방구 앞에 도착했다.

   실내화와 체육복이 놓인 진열대 위로 딱지 한 움큼이 비닐에 담겨 걸려 있었다. 색색의 색깔로 치장한 동그란 딱지는 그 안에 만화 캐릭터가 그려져 있었는데, 당시에는 컬러 딱지가 제법 귀한 것이어서 모든 아이들이 정말 갖고 싶어했다.

   8절지(A3용지 정도의 크기) 정도 크기의 종이에 동그란 딱지가 붙어 있었는데 모양대로 꼭꼭 눌려 있어서 떼기도 수월했다. 그것을 톡톡 떼어서 쥐면 한 손에 꽉 들어차는 느낌이 얼마나 든든하고 좋던지, 부자가 된 것 같았고 골목길에 들고나가 '딱지먹기'를 할 때면 한껏 으쓱했다. 딱지가 새것일수록 중지에 끼워 넣고 검지를 튕겨 넘기기 수월했고, 그만큼 상대 딱지를 뒤집었을 때의 쾌감이란 얼마나 짜릿한지. 그날도 나는 사지는 못해도 실컷 볼 수 있는 컬러 딱지에 눈이 팔려서 바람 부는 대로 동들동글 돌아가는 딱지 봉투를 넋 놓고 바라보고 있었다. 언젠가는 꼭 사리라 마음먹고 '마루치 아라치' 딱지를 눈여겨보고 있을 즈음 뒷통수에서 '띵동띵동' 하는 소리가 들렸다.

소리는 분명히 '똥똥똥, 띵동띵동'이었다. 단번에 피아노 소리라는 것을 알고 돌아섰다. 소리는 곧 음악으로 이어졌는데, 피아노를 칠 줄은 몰라도 한 번쯤은 들어봤을 〈젓가락 행진곡〉이 바람을 타고 들려왔다. 정말로 젓가락들이 춤을 추며 건너편 문방구로 달려오고 있는 것 같았다. 소리가 났던 곳은 문방구 건너편 피아노 교습소였다. 문방구 이름과 피아노 교습소 이름도 생각나지 않지만(그땐 학교 앞 문방구 이름의 대개가 '왕자 문방구'였고 피아노학원 이름의 대개는 '소망 피아노'였던 것 같다. 물론 통계적으로 맞는지는 모르겠지만) 일곱 살 내게 그날의 피아노 소리는 대단히 놀라운 '세계'였다.

우선은 하나하나의 소리가 합해지고 갈라지는 것이 시내가 모여 강을 이루고 결국에는 바다에 다다라 굉장한 힘을 만들어 내는 듯했다. 또, 두둥실 뭉게구름이 달려들어 구름 기둥을 만들다가 다시 흩어지는 하늘의 생동감이 느껴졌다. 이 모두는 마치 눈으로 보는 것처럼 환상적이었다.

　나는 소리에 이끌려 교습소로 들어갔다. 몇몇 아이들이 칸칸이 나누어진 방에서 피아노를 연습하고 있었는데 정중앙에 있는 피아노에는 선생님과 키 큰 누나가 앉아서 신나게 웃으며 〈젓가락 행진곡〉을 연주하고 있었다. 정확하게 건반을 누르는 손 모양도 예쁘고, 소풍 나온 듯 가벼워 보였지만 무엇보다 소리가 눈에 보이는 것처럼 들렸다는 사실이 너무 신기했다. 나는 정말 피아노 소리가(연주가) 영화처럼 눈앞에 영상으로 보였다. 구름과 물줄기에 이어 몽당연필들이 나란히 어깨동무를 하고 골목길을 둘러둘러 걸어가는 모습 같기도 했고, 은행나무 열매가 아스팔트 위로 개구쟁이처럼 뛰어내리는 모습 같기도 했다.

　당장에라도 피아노 선생님을 붙잡고 나도 가르쳐 달라고 조르고 싶었다. 88개의 건반이 내는 각기 다른 소리를 모두 하나씩 콕콕 눌러 듣고 싶고, 그 음을 잘 엮어서 다른 소리도 만들어 보고 싶다는 욕구가 100m 달리기하듯 숨가쁘게 차올랐다.

　하지만 나의 피아노 사랑은 첫걸음부터 수월하지 않았다. 평소 나의 왕성한 호기심에 칭찬도 하셨지만, 걱정도 적지 않으셨던 어머니는 그날 나의 신비로운 경험에 적극 공감해 주지 않으셨다. 내가 무수히 많은 것에, 수없이 많은 일에 호기심을 가졌던 터라 어머니는 피아노를 궁금한 것 많은 아들의 호기심 '거리' 중 하나로 생각하셨을 것이다. 어머니는 피아노 학원에 보내 달라고 조르는 나를 달래셨다. 그 방법은 매번 너무나 잘 통해서 나는 그날도 어머니의 제안을 수락할 수밖에 없었다.

어머니는 1년 동안 계속 피아노를 좋아하게 된다면 그때 학원에 보내 준다고 하셨다. 내 열정을 몰라 주는 어머니의 제안이 좀 억울하기도 했지만 더 졸라 봐야 들어주실 분도 아니기에 수락했던 것 같다.

이후 나는 매일 피아노 교습소 앞에서 서성였다. 문방구에서 뽑기를 하면서도 귀는 항상 그쪽으로 열려 있었다. 어떤 날은 매일 똑같은 음만 반복되었고, 어떤 날은 웅장하고 어려워 보이는 연주도 들렸다. 나중에 안 것이지만 그때는 한 손 배우고 난 후에 양손을 배웠다. 교재는 '바이엘'이었다. 바이엘을 배우면 이후 체르니로 옮겨 가는 방식이었는데 체르니 100번을 치게 되면 당연히 도전하는 곡이 〈엘리제를 위하여〉였다.

어쨌든 나는 초등학교에 입학하고서야 피아노를 배울 수 있었다. 어머니와 함께 피아노학원에 등록하고 짙은 파란색 피아노 가방을 받았을 때의 들뜬 기분과 설렘을 지금도 기억하고 있다. 책가방보다 컸던 직사각형 모양의 피아노 가방에는 자그마한 비닐 커버 안에 내 이름표가 들어 있었다. 처음 받은 책은 '바이엘' 상. 첫 페이지는 왼손과 오른손에 번호를 붙이고, 흰 건반과 검은색 건반을 누르는 손가락이 어떤 손가락인지를 알려 주고 반복 연습하는 내용이었다. 나는 그 책이 얼마나 재미있던지 손톱에 스티커를 붙여 가며 문방구에서 팔았던 피아노 건반 모형 종이 위를 손가락으로 뛰어다녔다.

처음 양손으로 동요 〈종이비행기〉를 칠 때의 짜릿한 기쁨은 지금도 생생하다. 똑같은 모양의 흰 건반과 검은 건반이 같은 얼굴을 하고도 제각각 소리를 가지고 있고, 또 몇 개의 건반이 어우러져 만들어지는 음악은 마치 마법처럼 느껴졌다.

실력 있는 연주가의 꿈을 키워 가며

...

피아노 학원에 등록한 이후 나는 주 6일을 하루도 빠짐없이 출석했다. 학원에 피아노가 5대밖에 없던 터라 거실 한가운데 있는 피아노에서 선생님께 레슨을 받는 친구들 외에 다른 아이들은 칸칸이 나누어진 방에서 과제로 받았던 부분을 열심히 연습했다. 지금도 기억나는 것은 선생님이 피아노 교재에(배운 부분에) 10번씩 치며 연습하라고 짤막하게 그려 놓은 세로 선이다. 아이들은 선생님이 그려 놓으신 작대기에 옆으로 줄을 그어 가며 양손 연습한 횟수를 표시했다. 겨우겨우 10번을 채우는 친구가 있는가 하면 불평 없이 성실하게 선생님이 내준 숙제를 하는 친구들도 많았다.

대부분 오른손잡이였던 아이들은 피아노 건반 위에서는 쓰지 않던 왼손가락으로 화음을 만들어야 해서 멜로디를 맡은 오른손과 맞지 않는 일이 잦았다. 친구들이 연습하면서 가장 속상해 한 일은 (물론 나도 그랬지만) 뚝뚝 음이 끊기는 거였는데 대부분은 왼손이 오른손을 못 따라가서였다. 나 또한 잘하지 못했지만 오히려 각각의 손을 서로 맞춰 가는(나는 그때 두 손을 '친구끼리'라고 표현했던 것 같다) 일이 정말 재미있었다. 왼손이 잠깐 쉬고, 오른손이 잠깐 쉬고, 둘이 사이좋게 놀다가, 왼손이 '따따따따' 따지고 오른손도 '따라라 따라라' 지지 않고 대들고, 이렇게 생각하며 연습하니 각각의 손이 제법 잘 어우러지고, 연주가 끊기는 일도 적었다. 그러다 보니 연주법을 익히는 것도 빨랐고, 할 수 있는 곡도 빠르게 늘어났다.

검고 흰, 단 두 가지 색으로만 구성된 88개의 건반이 내는 소리가 정말 신기해서 피아노를 시작했는데, 이제는 그 소리를 조화롭게 구성해서 만든 아름다운 곡을 연주할 수 있다니 얼마나 놀랍고 신나는 경험인가. 나는 매일 피아노의 매력에 빠져서 행복했다. 처음에는 피아노 건반 각각의 청명하고도 묵직한 소리에 반했는데, 그 한 개의 음들이 모이고 흩어지고, 연결되고, 끊어지고, 다시 맺어지면서 느리고 또 빠르게 역할을 하며 음악을 만들어 내는 일은 소풍날 보물찾기를 하듯 잔뜩 기분 좋은 긴장감이 온몸을 채우는 느낌이었다.

나는 이 세상 음악을, 피아노 건반이 만들어 내는 모든 음악을 다 알고 싶어졌다. 마음이 급하니 하루가 지나가는 것이 너무 아까웠고, 학교 공부가 끝나야만 피아노를 할 수 있다는 현실이 괴로웠다. 학교도 안 가고 종일 피아노만 칠 수 있다면 하루라도 빨리 세상의 모든 음악을 다 알 수 있을 것 같았다.

어머니는 내가 1, 2년 피아노를 하고, 제법 잘하게 되면 다른 무엇인가에 또 '빠질 것'이라고 생각하셨다. 그러나 4학년이 지나갈 무렵이 되어서도 하루의 대부분을 피아노에 쏟는 모습을 보시고는 이전과 다른, 내 진로에 관한 고민이 커졌다고 하셨다. 중학생이 되면서부터는 대학 진학과 전공 선택 등을 염두하여 공부하고, 준비를 해야 할 테니 취미생활이라 하기에는 제법 잘하는 피아노를 전공으로 삼아 훌륭한 연주자가 되기를 목표로 해야 할 것인지, 공부하면서 스트레스를 풀고, 정서 함양 등에 도움받기를 목적으로 피아노를 해야 하는지 결정해야 할 시기가 되었기 때문이다.

  하루는 어머니가 피아노에 대한 내 생각을 물으셨다. 피아노를 전공으로 계속 공부할 것인지, 아니면 취미생활로 할 것인지의 내용이었다. 나는 고민할 필요 없이 피아니스트가 되고 싶다고 말씀드렸다. (내게 재능이 있다는 피아노 선생님의 말씀도 크게 역할을 했다.) 우리나라에서, 아니 세계에서 제일 유명한 피아니스트가 되고 싶다고 했다. 백건우 선생님만큼 세계인이 사랑하는 피아니스트가 되어서 우리나라를 널리 알리고 싶었다.
  당시에만 하더라도 우리나라는 세계 클래식에서 존재감이 전혀 없었다. 좋은 클래식 연주자는 미국과 유럽에만 있다고 믿어 왔던 것이 사실이고, 간혹 중국과 일본에서 뛰어난 연주자가 뉴스에 보도되는 정도였다. 마침 정명훈, 정경화, 정명화 남매의 국제음악콩쿠르 입상 소식과 함께 그들의 뛰어난 음악성과 연주 실력, 연주 여행 등으로 우리나라의 문화적 자부심이 급부상하던 즈음이었기에 피아노에 대한 관심은 그 어느 때보다도 높았다.

나는 자신 있게 어머니에게 꿈을 말씀드렸고, 어머니는 아버지, 외할아버지와 의논하신 후 수소문하여 실력 있는 선생님을 섭외하셨다. 이제 피아니스트가 되기 위한 본격적인 준비에 돌입한 것이다. 대학에서 피아노를 전공하고, 실기 강사로 활동하시던 선생님은 피아노에 대한 나의 열정과 연습량을 칭찬하셨다. 그리고 연주 실력도 수회에 걸쳐 확인하셨다. 선생님의 격려와 칭찬이 한 단계 올라서야 하는 과정의 어려움을 이겨 낼 수 있도록 도왔다.

그때 우리 집은 아현동이었고 선생님 댁은 강남이어서 버스를 3번이나 갈아타야 했고, 시간도 2시간 가깝게 필요했다. 그러니까 버스를 타고 선생님 댁에 가는 여정은 그야말로 하루를 꼬박 투자해야 가능했다. 열한 살의 나는 혼자서 버스를 타고, 걸어서 선생님 댁에 도착했고, 한 시간 남짓 지도를 받고 다시 2시간 이상 버스를 타고 집에 도착했다. 지금 생각하면 참 어린 나이인데도 나는 혼자서 씩씩하게 다녔던 것 같다.

나는 예원학교에 입학하고 싶었다. 그때는 예술적 재능이 있는 학생이라면 누구나 그 학교에 가고 싶어 했던 것 같다. 예원학교 학생이라는 사실 만으로 그 실력을 인정받을 수 있었다. 나는 간절하게 예원학교에 입학하고 싶었다. 그러나 선생님은 예원학교를 추천하지 않으셨다. 그곳에 입학하기 위해서는 나의 피아노 시작이 너무 늦었다는 것이 이유였다. 예원학교 입학을 목표로 하는 학생들은 늦어도 예닐곱 살 때부터 준비를 한다는데 나는 5학년이 되어서야 전공하기로 결심했으니 연습량이 많다고 해도 감각이 떨어지기에 괜히 지원했다가 낙방하면 어린아이가 상처받을 수 있다는 것이 선생님의 생각이었다.

선생님의 강력한 권유로 나는 선화예중에 지원했다. 무난히 합격할 수 있다는 선생님의 말씀처럼 다행히도 선화예중에 합격했고 이후 선화예고 2학년까지 다니면서 누구보다 피아노에 흠뻑 빠져 지냈다. 선화예중에 입학하면서 전영혜 선생님께 사사받으며 본격적인 피아노 연주에 깊은 이해와 지식을 쌓을 수 있었다.

예원학교에 입학하고 싶었던 나는 선화예중 합격 소식이 크게 반갑지 않았다. 시험 기회조차 허락하지 않으셨던 선생님께 서운했고, 그것보다 그렇게 뜨겁게 피아노 연주를 사랑했음에도 선생님 말씀에 그대로 지원을 포기한 내게 화가 났던 것 같다. 내가 스스로 '포기'라는 꼬리표를 달고 살아가기를 선택했다는 사실이 부끄러웠다. 그래도 '후회하지 말고 도전이라도 해 볼걸'이란 아쉬움이 이후에는 내게 약이 되었는지 어떤 일에든 원한다면 후회하지 말고 해 보는 것으로 생각을 재조정하는데 크게 도움이 되었다.

다행히도 선화예중은 내가 입학하기 이전 겨울방학에 음악 실기실을 대대적으로 보강했다는데, 말대로 최고의 수준이었다. 스타인웨이(steinway)피아노가 30대나 연습실에 들어왔고, 방음 시설도 잘 돼 있어서 가장 좋은 환경에서, 품질 좋은 피아노로 실컷 연습할 수 있어서 기뻤다.

나는 중고등학생 시절 참 바쁘고 성실하게 살았던 것 같다. 집과 학교만 오갔고, 일주에 한두 번 전영혜 선생님께 지도받기 위해서 이동할 때만 거리에 시간을 썼을 뿐, 대부분은 공부와 피아노 연습에 열중했다. 그래서인지 원하지는 않았지만 나는 학교에서 제법 유명세를 탔다. 선생님들의 칭찬과 격려가 이어지고 나에 대한 기대감이 높아지는 일련의 상황에 오히려 긴장감이 유지되면서 공부와 피아노 연습에 집중할 수 있어서 좋았다. 학생 수가 많지 않은 학교였기 때문에 가능했던 일이었을 것이고, 감사하고 기분 좋은 일이었지만 무용을 했던 연년생 여동생은 학교생활이 불편했단다.

자신의 이름보다 '이훈 동생'으로 호명되는 일도 싫었고, 늘 오빠와 비교된다는 생각에 불편하다고 호소했다. 동생의 말을 당시에는 투정쯤으로 치부해 버렸는데, 지금 생각해 보면 충분히 그럴 수 있을 것 같다. 동생도 나만큼 승부욕 강하고, 정말 잘하고 싶어하는 친구인데 꽤 자주 오빠와 비교되었다면(그것도 학교에서) 스트레스도 적지 않았을 것이다. 그때는 시험 기간에도 공부하지 않는 것 같은 동생을 이해할 수 없었고, 비단 동생뿐 아니라 피아노가 좋아서 학교에 온 학생들이 연습에 게으른 것 같고, 열심히 하지 않는 것 같아서 불만이었다.

선화예고 2학년 때였다. 나는 운 좋게 독일문화원에서 주최하는 독일어 시험에서 장학생으로 선발되어 여름방학 3주 동안 독일 어

전국에서 선발된 독일 어학연수 학생들, 뒷줄 왼쪽에서 네 번째 소년이 나다

학연수를 갈 수 있었다. 매해 4명을 뽑아 왔던 대회에서 1988년 서울올림픽을 기념하며 그해에만 10명을 뽑았는데, 다행히도 행운이 내게 온 것이다. 3주 동안의 어학연수는 정말 재미있었고, 새로운 경험과 보고 듣는 모든 것이 신기하고 아름다워서 지나가 버리는 시간이 아쉽기만 했다. 하루가 지나면 이제 며칠 남았다며 아침이 오지 않기를 바랐던, 귀엽고 순수했던 그때 기억이 생생하다.

유학 생활, 나를 기대하는 기쁨에 살다

...

나는 독일로 떠나기 전부터 바흐, 바그너, 베토벤 등 음악가의 생가와 박물관을 가 볼 수 있다는 설렘으로 들떴는데, 바람대로 거리 어디서든 흘러나오는 바흐의 음악, 헨델(그는 영국으로 귀화하기는 했지만)의 찬송곡, 베토벤의 교향곡을 만나면서 클래식 음악의 본고장다운 분위기에 흠뻑 빠졌다. 대음악가의 곡에서 느낄 수 있는 시간의 웅장함과 서정적인 분위기에 금세 압도당하면서 내가 피아노를 하고 있고, 최고의 음악가가 되고 싶다는 꿈을 꾸는 사실이 새삼 행복했다. 나뿐만 아니라 음악을 하는 사람이라면 누구나 이곳저곳에서 독일 태생의 음악가 흔적을 좇으며 지극한 행복감을 경험했을 것이다.

어학연수 경험은 나를 독일에서 공부하기까지 이끌었다. 나는 독일 함부르크 국립음악대학(Hochschule für Musik und Theater)에 진학했다. 독일에서 음악 공부를 결심하고 입학을 목표했던 대학을 찾아갔을 때 사진으로 보던 것보다 더욱 웅장하고 격조 있는 건물

함부르크 음악대학에서_음대 정면

함부르크 음악대학에서_음대 반대편 출입구

의 매력에 빠져 버렸다. 입학 후에는 정말 진지하게 연주하는 학생들 속에서 지금까지 호기심과 즐거움으로 연주하고 연습했던 지난 내 노력이 조금은 가볍고 순진했다고 생각했다. 나는 함부르크대학에서 좋아서 했던 피아노 연주에 어떤 설명하기 어려운 사명감 같은 것을 느꼈던 것 같다. 내가 음악을 '한다'면 정말 깊이 있고, 나름의 곡 이해와 해석이 동반되어야 한다는, 그래서 연주가 어렵고 고민스러웠던 얼마간의 시간에 침잠했던 것 같다.

열아홉 살 인생 처음으로 진지한 고민과 동거하면서 그동안 피아노를 '즐긴다'고 생각하고 자유롭게 표현한 것이 너무나 교만하고 건방졌다는 것을 알았다. 곧장 반성했고, 독일에서 공부하면서 작곡가의 '눈'과 '마음'을 이해하려고 노력했던 것 같다. 그러다 보니 주변 환경도 달리 인식되었고, 계절의 얼굴과 그 변화에도 예민해질 수 있었다.

독일은 대학에서 연주 전공을 할 경우 교수의 레슨을 잘 받고, 수준 높은 연주회를 해내면 졸업증서를 주는 연주자과정을 운영한다. 이는 비학위과정으로 박사과정은 없다. 나는 함부르크 음악대학과 뤼벡 국립음대(Musikhochschule Lübeck)에서 Diplom과정을, 네덜란드 우트레히트(Utrecht) 음악대학에서 최고연주자과정을 마쳤다. 그리고 독일에서 피아노 연주를 전공하려는 학생들을 가르치며 연주자로서, 또 생활인으로서 안정적인 매일을 보냈다. 가르치는 일에도, 생활환경도 만족스러웠기 때문에 공기처럼, 라인강의 물결처럼 자연스럽고 편안하게 살 수 있었다.

학생들을 가르치고, 좋아하는 연주자의 곡을 듣고, 연주하고, 산책하는 기쁨으로 매일이 채워지는 것 같았다. 하지만 음악과 자연이 주인 된 환경 속에 둘러싸여 지내면서도 연주자로서 곡을 해석해 내는 나름의 철학과 감성이 극히 제한적이라는 고민은 내내 함께였다. 음악 이론과 음악사 등을 더 많이 공부하고 연구한다면 곡에 대한 이해와 분석을 더욱 심화할 수 있고, 이를 바탕으로 곡에 대한 다른 해석뿐만 아니라 감상의 자유와 해석도 더 다양해질 것 같았다. 공부가 더 필요하다는 생각이 강해졌다. 처음 내게 피아노를 알게 해 주신 전영혜 선생님처럼 대학에서 학생들을 가르치겠다는 꿈을 위해서 지금까지의 길에 걸음을 더해 보기로 했다.

2008년, 나는 미국 신시내티대학교(University of Cincinnati) 음악대학 박사과정에 진학했다. 음악이론과 음악사 및 연주이론 등 연구와 과정을 모두 이수하고 학위논문 작성에 돌입했다. 한국의 윤이상과 일본의 토루 타케미츠의 피아노 음악을 비교하는 논문을 이미 준비해 놓았고, 논문 개요를 완성하고 집필 중이었다. 자료 조사와 함께 이론 공부를 마치고, 방법론을 세우고, 많은 시간이 필요했던 선행 연구 검토를 끝내고 본론 부분을 수정하는 동시에 연구의 의의와 기대효과 등을 마무리하고 전체 논문을 검토하던 여름이었다. 그리고 그 여름의 한 날, 내 삶이 크게 전환되는 날을 맞았다.

나의 계획은 하나님의 계획 안에 있었음을 고백할 수밖에

...

독일과 네덜란드에 이어 미국에서의 유학 생활도 즐겁고 행복했다. 한국에 있는 가족들이 그립기도 했지만 오롯이 피아노와 함께할 수 있어서 다른 감정이 크게 나를 흔들거나 방해하지 않았다. 그리고 후배와 친구들이 있었기에 외로움이 나를 괴롭힐 수 없었다. 나는 미국에서 공부했던 박사과정 중에도 이전처럼 자신감 있게 공부했고, 긍정적으로 지금과 내일을 계획하고 기대했다. 지금 돌이켜 생각해 봐도 나는 유학 시절 조급함이나 두려움으로 나를 괴롭히지 않았던 것 같다. 정확한 이유를 모르겠지만 늘 자신감에 차 있었고, 매일이 즐거웠으며 스스로 높은 목표를 세우고, 이를 성취해 가는 기쁨으로 살았다.

하지만 자신감에 넘쳐서 하루하루를 계획하고, 실행하며 살았지만 그 시간은 차곡차곡 쌓여서 바람대로 나를 대학교수로 만들어주지 않았고, 어쩌면 다시는 피아노를 칠 수 없는 불운한 연주자로

귀국 후 재활 치료에 더욱 집중했다

귀국 후 재활 치료에 더욱 집중했다

만들 뻔도 했다. 내 의지대로, 계획대로 당차고 자신 있게 꾸려 왔던 시간이 철저하게 나를 배신했다는 생각에 병원에 누워 있으면서, 또 재활 치료를 받으면서 분노에 휩싸였던 적도 적지 않았다.

그러나 분노의 감정은 길지 않았다. 나는 내 의지가 소용없던, 예측할 수도 없었던 순간에 맥없이 쓰러졌다. 하지만 내 의지가 아닌 다른 힘과 의지로 세 들어 살던 독일 할머니에게 발견되었고, 911에 의해 대학병원 응급실로 이송되고, 응급수술을 받았고, 후배들의 도움으로 어머니와 동생을 다시 만날 수 있게 되었다. 이 모든 일에는 내 의지와 계획이 발현될 수 없었고, 통제 또한 할 수도 없었다. 나의 의지를 믿고, 신뢰하며, 나의 긍정적 사고와 자신감이 나를 세우고 빛나게 할 거란 믿음이 교만함의 다른 얼굴이었음을 깨닫는 데는 그리 오래 걸리지 않았다.

나는 어머니의 극진한 보살핌으로, 또 교수님의 배려로 재활 치료를 받아서 몇 걸음일망정 뗄 수 있었다. 그렇게 2012년 여름과 가을을 보내고 겨울, 한국으로 돌아왔다. 귀국길의 감정은 이전에 잠깐 한국에 들렀을 때와는 달랐다. 어쩌면 다시 해외에서 연주하거나 공부하지 못하게 될 것이라고 생각해서 나름 영구 귀국이라고 단정하니 쓸쓸함과 함께 또렷하게 설명하기 어려운 서운한 마음이 차올랐다.

한국에 돌아와서 미국에서보다 더 다양하고 강도 높은 재활 치료를 시작했다. 집 가까이 있는 서울 가톨릭대학교 서울성모병원에서

귀국 후 피아노 연습에 매진했다

재활 치료를 했는데 블록을 집어 틀에 끼워 넣는 연습과 왼손과 오른손의 감각과 힘을 기르기 위한 다양한 치료를 이어 갔다. 나는 미국에서보다 더욱 열심히 재활에 집중했다. 내 몸을 스스로 돌보고, 일상을 살아갈 수 있도록 나를 격려하고 응원하고, 가끔은 몰아세우며 열심히 재활를 치료했다. 미국에서부터 곁을 지켜 주신 어머니와 한국에서 마음을 다스리며 기다리신 아버지, 두 분의 마음의 짐을 덜어드리기 위해서 나는 이전보다 더 씩씩하고 유쾌한 사람이 되고 싶었다.

　한국에 돌아와서 피아노를 시작한 것도 처음에는 재활이 목적이었다. 이미 한 차례 미국에서 교수님과 함께 피아노를 즐겼던 경험이 있었지만, 피아노는 그때까지만 해도 내게 슬픔이었다. 건반을 치는 것이 손가락과 손의 감각을 되살리는데 도움이 된다는 의사 선생님의 조언으로 피아노를 치기 시작했다. 그렇게 몇 개월을 하는 중에 전영혜 선생님의 권유가 시작됐다. 선생님은 내가 연주자로 다시 시작할 수 있기를 간절히 소망하고 진심으로 기대하셨다.

　"세상에 피아노를 잘 치는, 좋은 연주자는 참 많다. 그런데 왼손 피아니스트는 손에 꼽을 만큼 적다. 왼손을 위한 연주곡은 1,000곡이 넘는다. 넌 할 수 있다. 해 보자, 훈아."

　선생님의 말씀에는 확신이 넘쳤다. 소망이나 기대보다 확신이었

오랜 꿈을, 목표를, 선물로 받았다

박사학위 수여식 후 부모님과 함께

다. 나도 재활 치료 중에 다시 피아노를 하고 싶다는 생각을 한 적이 있었는데, 그때마다 뜨거운 무엇이 목울대를 차고 올라 크게 다시 숨을 삼키는 것으로 그 울림을 억눌러 왔던 터라 선생님의 말씀은 특별한 떨림이었다. 선생님의 말씀을 듣고 싶었던 것일까? 놀랍게도 내 마음이 움직였다. 나는 큰 갈등 없이, 주저 없이 '다시 연주'를 목표로 피아노 연습에 몰입했다. 물론 너무나도 힘들고, 어렵고, 당황스러웠던 때를 손에 꼽을 수 없다. 손에 꼽을 수 없을 만큼, 셀수 없을 만큼 매일, 매 순간이 어려웠고 자책과 한숨으로 연습의 대부분이 채워졌던 긴 시간이 있었다.

그리고 마침내, 미국에서 응급수술 받은 지 꼭 4년 만에 나는 가톨릭대학교 서울성모병원 로비에서 첫 연주회를 치렀다. 내 의지와 계획에 없었던, 그래서 모든 과정과 결과가 감사한 연주회였다. 연주한 생상의 곡을 잘 이해하고 정확히 분석했는지, 곡의 해석과 연주의 완성 정도가 어떠했는지보다 더 어렵고 감사했던 것은 나와 같은 이들, 육신의 병으로 지금 주저앉기를 결정하거나 두려움에 빠진 이들에게 내가, 나의 연주가 위로가 되었을까 하는 염려와 그들이 위로받기를 바라는 간절함이었다.

마음이 상대의 마음에 닿는 신비로운 경험을 한 그날, 내게 또 한번의 기적과도 같은 일이 생겼다. 그 자리에 박사과정을 공부했던 미국 신시내티대학교 음악대학 교수님이 계셨는데, 지도교수셨던 선생님은 내가 박사 논문 집필 중이었던 것을 잘 알고 계셨기에, 내

게 미국에서 7번의 연주회를 성공적으로 마친다면 학위를 수여하겠
노라 제안하셨다. 대학에 가서 학과 선생님들과 의논하여 결정한 내
용이라며 내 답을 기다리셨다. 나는 망설임도 없이 바로 응답했고,
가을에 미국으로 떠나서 7번의 연주회를 치렀다. 그리고 이듬해인
2017년 8월, 신시내티대학교에서 음악 박사학위를 수여받았다. 내
의지로 하려던 마음과 계획을 내려놓았을 때, 꿈꿔 왔던 꿈을, 목표
를, 선물로 받았다.

왼손 피아니스트, 세상을 만나다

...

왼손 피아니스트가 되겠다고 결정한 후 피아노는 놀랍도록 내 삶의 전부가 되었다. 절대적인 것이 되었다. 이전에 꿈도 많고, 그래서 하고 싶은 일도 많았던 나는 연주자로서도 이름을 알리고, 대학에서 학생들을 가르치는 교육자로서도 성공하고 싶었다. 그리고 모든 것이 다 이루어질 수 있을 거라고 믿었었다. 피아노를 좋아하고 열심히, 또 성실하게 연습해서 이른 나이에 유학길에 올랐고, 대학에서도 어려움 없이 공부했다. 연주 지도자로서 존중받으며 살았고, 무사히 박사과정에 입학하여 졸업 논문 집필까지 물 흐르듯 자연스러웠다. 그러나 내 의지와 계획이 철저하게 나의 교만함을 드러내 보여 주었을 때, 나는 나의 약함을 고백할 수밖에 없었다.

뇌졸중으로 응급수술을 받고 재활 치료를 하면서 나는 다시 태어나기를 결정했다. 이제는 내 힘으로 할 것이 아니라 그저 내가 할 수 있는 만큼 최선을 다하는 것, 그것만이 내가 계획할 수 있는 전

GREAT LAKES CHAMBER MUSIC FESTIVAL
JUNE 10-25

MUSIC BEYOND WORDS
PAUL WATKINS, ARTISTIC DIRECTOR

SATURDAY, JUNE 17, 2017 | 2 P.M.
PERFORMING ARTS AUDITORIUM
BELMONT CLUBHOUSE—FOX RUN VILLAGE
Featuring Hun Lee, Piano

Major sponsorship provided by JPMorgan Chase CHASE◆

HARMONY FOR HABITAT
SUNDAY, JUNE 25, 2017, 7 P.M.

Maria Bobbitt-Chertock, vocalist
How Long Has This Been Going On?
G. Gershwin

Benjamin Levin, pianist
Waltzing Blues
Pigmeat Jarrett

Big Chief
Earl King

Chicago Breakdown
Big Maceo Merriweather

Kara Shay Thomson, vocalist
Till There Was You
M. Wilson

I Could Have Danced All Night
A. Lerner and F. Loewe

Children Will Listen
S. Sondheim

Climb Every Mountain
R. Rodgers and O. Hammerstein

PAUSE – remarks from Beth Benson
*Baskets will be passed for a free-will
contribution to Habitat for Humanity.*

Hun Lee, pianist
Prelude for the Left-Hand Alone
A. Scriabin
Nocturne for the Left-Hand Alone
A. Scriabin

Sycamore Community Singers
Linda Gartner, Director
Grace
arr. by M. Hayes

When the Saints Go Marching In
arr. by J. Rutter

Unsung Hero
arr. by J. Martin

What a Wonderful World
arr. by M. Brymer

Let There Be Peace
arr. by A. Beck
Emily Kissela, soloist

Please join us in the Great Hall for a reception following the concert!

Recital

Hun Lee, Piano

Korean ~ Madisonville United Methodist Church

May 18, 5:00 pm

Program

Alexander Scriabin	Prelude and Nocturne for the Left Hand, Op. 9
Camille Saint-Saëns	from *Six Etudes for the Left Hand, Op. 135*
	Prélude
	Bourée
	Élégie
	Gigue
Earl Wild	Etude on George Gershwin's "The Man I Love"
Albert Hay Malotte	The Lord's Prayer (arranged by Hun Lee)

ARTIST BIO
HUN LEE Piano

Pianist Hun Lee began his musical studies at an early age in his native Korea. While in his teens, he won a scholarship award which enabled him to pursue his studies in Germany—first in Hamburg and then in Luebeck where his teacher was James Tocco. After receiving his Bachelor of Music degree, he continued with a Master's degree from the University of Utrecht in the Netherlands, studying with the Russian virtuoso Alexander Warenberg.

Following his graduation from Utrecht, Lee was active as a performer and won first prize in Italy at the International Piano Competition of Salerno and the A.M.A. International Piano Competition in Lamezia Terme. He was appointed to the piano faculty of the Hamburg Conservatory, where he remained and taught until his decision to pursue a Doctor of Musical Arts degree brought him to the United States in 2006. His course of studies at the University of Cincinnati College-Conservatory of Music under the guidance of Elisabeth Pridonoff was almost complete when, in August 2012, he suffered a massive hemorrhagic stroke that left him paralyzed on his right side. He returned to Seoul and embarked on an intensive regimen of rehabilitation, focusing on the triple regimen of physical, occupational and speech therapy. With this he was able to retrain himself to speak, to swallow and to walk. Slowly he began the process of also recovering his ability to perform at the piano, now restricted to works written for the left hand alone, of which fortunately there is quite an extensive literature. Fortunately, Lee's sense of hearing and memory were not affected by his stroke.

In July of 2016, Lee performed a solo recital at St. Mary's Hospital in Seoul, where he had been undergoing continuous therapy. His doctors were impressed with his progress and encouraged him to do the recital as a beacon of hope to other stroke victims and their families, to show them exactly how far one could go toward rehabilitation and return to the fullness of life. The Korean Broadcasting System, the largest TV network in South Korea, recorded the performance and featured it prominently on their nightly newscast, broadcast throughout the country. Overnight, Lee became a national hero.

Hun Lee has now returned to the United States, determined to finish the doctorate he came so close to achieving four years ago. The performances he does here and elsewhere will be recorded as part of the final doctoral project for his degree. Audience members are invited to contact him at sebastianlee1971@gmail.com.

미국 연주회 프로그램

부인 것을 알고 있었기에 나는 이전보다 가볍게, 온전하게 피아노에 집중할 수 있었다. 물론 연습 과정은 너무나 힘들었다. 뇌기능 저하로 악보가 잘 외워지지 않았고, 손가락도 내 마음의 속도를 따라오지 못했다. 의자에 비스듬히 앉아 페달을 밟노라면 균형이 어그러져 몸을 가누기 어려울 때도 많았고, 몸의 중심이 흩어지면서 연주하는 곡도 조화로움에 균열이 생겼다.

　나는 이 모든 문제를 때로는 한꺼번에 맞닥트리면서 크게 흔들렸던 경험이 적지 않다. 그렇지만 나는 그 어려움이 쓰나미가 되어 나를 집어삼키지 못하도록 나를 보살폈다. 즐겁게 연습하고 연주하려고 노력했고, 매일 연습하면서 음악에 집중하는 시간을 늘려 가며 스스로를 응원했다. 지금도 마찬가지다. 나는 피아노를 치는 시간보다 더 많은 시간을 듣는 것에 할애하며 특별히 집중해서 음악을 듣는다. 청중은 '듣는 것'으로 음악과 연주자를 평가하기 때문이다.

　하지만 연습하면서는 나의 연주를 듣게 되지만 연주회에서 피아노를 치면서 듣는 것은 연주자로서 고통이다. 연주자가 자신이 만들어 내는 음악을 듣고 연주에 몰입할 때 자연스럽고 자유로운 곡이 창조될 수 있기 때문에 피할 수 없는 일이지만 힘들다. 연주자가 잘 듣고 연주할 수 있을 때 청중들도 집중하고 감동할 수 있다. 물론 연주와 듣기의 균형이 중요하다. 연습은 하지 않고 퍼포먼스를 즐기는 것도 어불성설이고, 연습을 많이 했어도 듣기에 집중을 안 한다면 마냥 헛것이다.

2017년, 나는 미국 미시간주 디트로이트에서 개최되었던 'Great Lakes Music Festival' 일곱 번의 연주 여행을 시작했다. 일곱 번의 연주를 성공적으로 마치면 박사학위를 수여하겠다는 신시내티대학의 제안을 기쁘게 받아 안고 시작한 즐거운 연주였다.

 그때까지만 해도 걷는데 도움이 많이 필요했다. 무대에 오르고, 피아노 앞에 앉기까지 긴장을 늦출 수 없었다. 나는 진행요원의 도움을 받아서 무대 중앙으로 걸어나갔다. 연주회를 준비하면서 열심히 연습했기 때문에 연주 내용에 대한 걱정은 없었다. 그러나 연주를 위해서 무대로 걸어나가고, 피아노 앞에 앉기까지가 오히려 걱정이었다. 잠깐이지만 고요한 어둠 속에서 내게 집중돼 쏟아지는 빛이 낯설고 부담스러웠다. 그러나 내 걱정은 기우였다. 내가 입장하는 동시에 관객들이 모두 일어서서 기립박수를 보내 주었다. 그들의 박수는 내 연주에 대한 기대와 함께 나의 조금은 특별한 음악 여정에 대한 격려와 응원의 마음이었을 것이다. 나는 관객들이 일어서서 박수를 보내는 모습을 본 순간 짧았으나 무대에 오르기 전 잠깐의 긴장과 걱정을 훨훨 날려 보낼 수 있었다. 오히려 다시 자신감이 차오르면서 연주에 몰입할 수 있었다.

 왼손으로 연주하는 것은 어렵다. 양손으로 피아노를 치면 왼손은 근음(根音/화음의 가장 낮은 음)을 친다. 그런데 왼손으로만 치면 엄지는 멜로디를 치고 새끼손가락은 근음을 치려니 어렵다. 엄지손

미시간주 디트로이트 메트로폴리탄 박물관에서 열린 연주회

가락은 다른 손가락에 비해서 짧으니까 멜로디를 치는 것이 어렵다. 그래서 강하게 힘을 주어 치는 것으로 연습하고 있는데 지금도 어렵기는 마찬가지다.

미국 연주회를 대비해 연습에 집중하면서는 내 자신을 벼랑 끝까지 다그치며 연습에 열중했던 것 같다. 바랐던 박사학위를 받을 수 있는 기회이기도 했지만, 그보다 더욱 강렬하게 나를 움직였던 것은 피아노가, 음악이 내 삶의 절대적 가치라는 것을 확인할 수 있는 기회였기 때문이다. '왼손 피아니스트'로 나를 다시 정의할 수 있었던 감사와 기쁨이 나를 세웠던 것이다.

나는 일곱 번의 연주를 마치고 2017년 8월 신시내티대학교에서 음악 박사학위를 받았다. 물론 내게 뇌졸중이 발병하지 않았더라면 2012년에 박사학위를 취득했겠지만 5년의 시간이 내게 주었던 너그러운 가르침과 찬찬한 배움을 생각하면 감사, 또 감사를 고백하지 않을 수 없다. 지난 5년 동안 나는 일상을 살아가는 생활인으로, 또 연주자로서 나를 다시 구성하고, 그 지향점을 재조정할 수 있었다. 어떻게 살 것인가를 고민하고, 무엇보다 연주자로서 어떻게 살 것인가를 깊이 생각해 볼 수 있었다.

2020년은 내게 특별한 한 해였다. 미국에서의 박사학위 연주 이후 오랜 준비를 거쳐서 코로나 이후 처음으로 왼손을 위한 독주곡을 발표했기 때문이다. 2020년 11월에 롯데아트홀에서 열린 무관중

2020년 11월 롯데아트홀 독주회

2020년 11월 롯데아트홀 독주회

독주회(Music Keeps Going)에서 스크리아빈(Alexander Nikolayevich Skryabin)의 전주곡과 야상곡을 연주했다. 전주곡(프렐류드)와 야상곡(녹턴) ⟨A. Scriabin Prelude and Nocturne for left hand Op. 9⟩은 피아노 연습 중 사고로 오른쪽 손가락 부상을 당한 스크리아빈이 만든 곡으로 그의 절절한 슬픔과 고통이 전해진다.

특히 고도프스키의 명상곡은 명상적인 기악 소품으로 노인이 젊은 시절을 회상하는 듯한 기쁨과 환희, 좌절과 고통, 그리고 숙연하기까지 한 아픔이 느껴진다. 참담한 아름다움의 결정을 보는 듯한 곡은 무겁고 낮게, 엄숙하고 근엄한 분위기를 연출하면서 노년이 되어 젊은 날을 회상하는, 그리하여 자신을 성찰하는 한 존재의 내면을 보여 주고 있는 듯하다. 피아노 연습을 하다가 오른손 손가락을 다친 스크리아빈은 이전만큼 기능이 회복되지 않은 오른손 손가락을 보완하고, 왼손 손가락의 기능과 역할을 강화하기 위해서 전주곡과 야상곡을 만들었다고 하는데 야상곡의 왼손의 기교는 매우 정교하고 섬세하다.

코로나로 인해서 무관중으로 진행된 독주회는 청중이 없어서 더 많이 떨리고 어려웠지만(관객의 피드백이 없는 연주는 나와의 외로운 싸움 같다) 연주를 듣고 연주하면서 음악에 깊이 집중할 수 있었던 것 같다. 그리고 고요함 속에서 몰입을 경험했던 연주는 연주에 대해서 냉정하게 평가할 수 있게 했다. 더 많은 연습과 곡에 대한 이해와 해석이 필요하다는 반성은 연주 중에도, 마친 이후에도 머리와 마음의 정중앙에 버티고 서서 내내 나를 서늘하게 바라봤다. 정진(精進), 진심을 쏟아내 좋은 연주를 해야겠다고 결심하는 배움과 감사의 경험이었다.

왼손 피아니스트로서 롯데아트홀에서 첫 번째 독주회를 마치고 이듬해인 2021년 10월 29일에는 예술의전당 인춘아트홀에서 독주회(이훈 피아노 독주회)를 진행했다. 슐호프의 왼손을 위한 모음곡 제3번(E. Schulhoff, No. 3 for left hand)을 시작으로 블루멘펠트의 왼손을 위한 연습곡 작품번호 36(F. Blumenfeld, Etude for left hand Op. 36), 이남림의 봄의 정경(Namlim Lee, Spring Scene), 가오핑의 레프탱고(Gao Ping, lefTango)와 내가 사랑하는 바흐-브람스 샤콘느 BWV 1004(J. S. Bach-J. Brahms Chaconne BWV 1004) 등 5곡을 연주했다.

예상할 수 없었던 코로나를 겪으면서 우리나라를 비롯해 전 세계 모든 인류가 두려움과 신뢰 없는 사회적 분위기 속에서 많이 지치고 힘들었다. 보이지도 않는 감염균을 두려워하면서 우리는 저마다 각자의 영역 안에 갇혀 타인와 어떤 교류도 연대도 도모하지 않았다. 이는 안전을 확보해 준 듯하나 이내 각자를 고립시킴으로써 두려움은 팽창했다. 코로나 팬데믹을 지나오며 우리에게 인상적이었던 장면이 하나 있었다. 이탈리아에서 있었던 일인데 한 남성이 아파트 발코니에서 바이올린 연주를 했을 때 같은 아파트에 살던 주민들이 발코니에 나와서 눈물을 흘리면서 연주를 듣고 감동과 감사의 박

2021년 예술의전당 독주회 포스터

수를 보내 주는 장면이었다. 뉴스를 통해서 소식을 접하고서 어려운 상황일수록 사람들 사이의 소통과 연대가 더욱 필요하고, 또 강화되어야 한다는 것을 깊이 깨달았다.

2021년 예술의전당 인춘아트홀 독주회는 이러한 절절한 깨우침을 음악으로 전달하는 시간이었다. 두서너 자리씩 건너서 지정 좌석을 배정하여 거리를 유지한 연주회장은 확보된 거리감 속에서도 한 팔 건너 타인의 어깨와 등을 바라보며 오롯이 음악에 집중하는 가운데 서로가 서로를 위로하는 따뜻함을 경험할 수 있었다.

나는 연주자였지만 동시에 타인에게 위로받고, 또 마음을 나눠 주는 친구가 되었다. 왼손 피아니스트로서 다시 삶을 살아 내겠다는 결정이 선물한 따뜻한 보람이었다. 뇌졸중으로 악보를 외우는 일이 정말 어렵고, 아직 왼손 연주는 연습이 더 많이 필요하다. 그러니 더 열심히 연습하고, 성실하게 노력해서 훌륭한 연주자가 될 것이다. 더 많은 사람에게, 더 많고 큰 위로를 줄 수 있는 연주자. 나의 꿈이다.

예술의전당 인춘아트홀에서 열린 10월 29일 독주회를 마치고 그 해 12월에는 알렉산더 스크리아빈의 전주곡과 야상곡 2곡을 녹음하여 디지털싱글 음원을 발매했다. 연습 중 부상으로 오른손을 쓸 수 없게 된 스크리아빈의 고통과 이를 이겨 내기 위해 무섭도록 노력했던 그의 참담함과 절절한 의지를 생각하면서 연주했다. 저마다 누구에게도 말하지 못했던 크고 작은 상처가 있을 것이다. 그리고 그 상처가 평생 자신을 괴롭힐 수 있다. 음악은 이를 치유하는 최고의 의사일 수 있다. 마음을 위로받을 때 비로소 이겨 낼 수 있는 생각과 의지가 눈을 뜰 수 있기 때문이다.

2021년에는 흥미로운 연주 기회가 많았던 것 같다. 예술의전당 독주회에서 관객을 만날 수 있어 감사했고, 디지털 음원을 발매할 수 있어서 기뻤다. 더 많은 사람들이 내 연주를 들을 수 있게 되었다는 기쁨이 오랫동안 사라지지 않았다. 뿐만 아니라 연주 기회도 부쩍 많아졌다. 포스코1%나눔재단의 '만남이 예술이 되다'라는 프로젝트를 하면서 내 연주가 더 많은 사람들을 만나게 되었고, 프로젝트의 목적에 맞게 나를 비롯한 더 많은 장애예술가들이 전시와 공연, 연주의 기회를 만나게 되어서 한 해 내내 잔치를 하는 것 같았다.

포스코 본사 로비에서 코로나에 지친 임직원을 위해서 연주회를 진행했고 가수 다비치의 강민경 씨와도 콜라보 연주를 함께했다. 서지원의 〈내 눈물 모아〉를 노래한 강민경 가수의 음색이 참 맑았고, 노랫말의 쓸쓸함이 가수의 뛰어난 표현력으로 노래하는 내내 잘 전달되었다.

클래식과 대중음악이 만나고, 장애예술인과 비장애예술인이 어우러지는 특별한 기획이 흥미로웠고, 반응도 좋아서 유튜브에서는 많은 조회수를 기록하기도 했다. 장애예술인들에게 더 많은 연주와 공연, 전시의 기회가 주어진다면 그만큼 비장애인들도 장애인예술에 대한 낯선 경험을 기꺼이 누릴 것이다. 실제 2021년 장애인문화예술축제인 2021 A+ 페스티벌 '스며들다'에서 슐호프의 왼손을 위

한 조곡 No. 3(Edwin Schulhoff Suite No.3 for left hand) 중 칭가라
(Zingara)를 연주했을 때 관객들이 연주에 맞춰 박수를 치는 등 즐
거운 기분을 한껏 표출했다. '집시여인'이란 뜻의 칭가라는 곡이 불
협화음으로 구성되어 약간 우스꽝스럽고 장난기가 가득한 작품이
다. 경쾌한 리듬과 빠른 흐름에 관객들은 박수를 치며 즐겁고 신나
는 가을 한 때를 보낼 수 있었다. 연주를 하면서, 또 연주를 마치고
대학로를 거닐면서 음악은 이렇게 '사람들의 감정과 마음을 하나로
이어 주는 것이구나!'란 새삼스러운 확인에 나 또한 들떴다.

사랑하고 존경하는 음악, 음악가들

...

음악으로 오랫동안 교류했던 친구들에게 나의 음악이 이전과 다르다는 이야기를 자주, 많이 듣는다. 이전 연주와 다르게 감성이 풍부해져서 듣는 내내 어리둥절하다고 말하는데, 아마도 뇌졸중도 원인 중 하나일 것 같다. 내 경우 왼쪽 뇌의 60% 이상이 손상되어 수술했으니 어쩌면 그 덕분에 전과 다른 감성을 갖게 되었나 보다.

왼손 피아니스트로 연주하면서 이전에는 하지 않았던 고민을 하게 됐다. '내 연주가 사람들에게 감동을 줄 수 있을까?' 하는 고민이다. 연주하면서 관객이 곡을 어떻게 이해하고 공감할까를 고민한 적은 없었던 것 같다. 우선적으로 곡을 만든 작곡가에 대한 이해와 학습이 중요했고, 나의 독창적 곡 해석에 매달렸던 것 같다. 그러나 뇌졸중 발병 이후 왼손으로 피아노 연주를 하면서는 관객들에게 어떻게 들릴까, 관객들이 공감하고 감동할까에 대한 고민이 크다.

다테노 이즈미(Tateno Izumi, 舘野泉)

이전에는 어떻게 하면 화려한 기교로 많은 사람들을 내 연주에 '홀딱' 반하게 할 수 있을까에 집중했다면 지금은 내 진심이 어떻게 관객들에게 닿을 수 있을지, 관객은 내 마음을 알아 줄 수 있는지, 생각과 고민이 깊다. 동료 연주자들은 소리가 너무 좋아졌다면서 성장하고 발전한 연주 실력을 축하해 주지만 아마도 이성적 판단과 감성의 조화와 균형을 찾아야 하는 연주자의 냉정한 사고가 부족한 부분을 감싸 주려는 의도가 적지 않을 것이다. 어쨌든 현재로서는 더욱 성실하고 진실하게 연습에 연습을 더하는 노력이 필요할 뿐이다.

2년 전 하늘나라로 돌아가신 미국의 왼손 피아니스트 레온 플라이셔(Leon Fleisher)가 "음악은 두 손으로 해야 하는 연주가 아니라 그냥 음악 그 자체라는 걸 깨달았다."는 고백이 가슴을 '쿵' 하고 두드렸다. 그리고 나의 왼손 연주도 그 자체로 음악인 것을 거듭 확인하고 믿었다. 멜로디와 화음을 한 손으로 하기 때문에 왼손은 매우 바쁘고 빠르게 건반 위를 뛰어다녀야 하고, 때문에 어마어마한 연습이 필요하고 편곡의 어려움도 적지 않다.

그러나 적어도 화려한 기교와 기술로 관객을 압도하고, 매혹하려는 일회성 공연이 아니라 음악을 듣는 사람들이 음악에 기대어 위로받고 감동할 수 있다면 그 자체로 훌륭한 연주이고, 훌륭한 피아니스트인 것이다. 레온 플라이셔를 비롯해 왼손 피아니스트들이 내게 준 교훈은 양손으로 연주할 수 없다는 좌절과 고통의 몸부림이 아니라, 그래서 어렵게 한 손으로 연주를 할 수밖에 없는 연민의 현실을 호소하는 것이 아니라, 한 손이든 양손이든 그 자체로 음악이며 연주자는 더 아름다운 연주를 위해서 성실하게 최선을 다해서 연습해야 한다는 것이었다.

내가 정말 사랑하는 또 한 분의 왼손 피아니스트는 다테노 이즈미(Tateno Izumi, 舘野泉) 선생님이시다. 그는 핀란드에 유학하고 핀란드에서 교수까지 하셨던 분이신데, 2002년 데뷔 40주년 공연 중 쓰러지시고 이후 뇌졸중 진단을 받으셨다. 성실하게 재활 훈련을 하면서도 왼손으로 피아노 연주를 계속하셨다. 친구들과 바이올린 전공자인 아들은 왼손만으로 연주할 수 있는 모리스 라벨 등의 연주곡을 권했단다. 그러나 다테노는 이를 뇌졸중으로 인한 오른손 마비에 굴복하는 것이라 여겨 거부하셨다.

다테노 이즈미 선생님은 "한 손 아니라 두 손, 세 손으로 치더라도 음악은 음악!"이라는 것을 깨닫고 이후 활발하게 연주 활동을 하고 계시다. 2017년 한·중·일 장애인예술축제에서도 연주하시며 장애인예술의 국제적 교류와 발전에도 역할을 하고 계시다. 피아니스트에게 다테노 이즈미 선생님은 존재 자체로 귀감이 되는 뿐만 아니라 장애예술가로서도 늘 꿈꾸는 대상이다.

선생님께서는 오른손으로 간단한 멜로디를 연주해 보이시며 "오른손으로 연주할 때면 봄에 새순이 잎을 틔우는 듯한 기분이 든다."며 "내 손가락들은 점점 더 강해질 것"이라면서 팔순이 지난 나이임에도 피아노 연주에 대한 의지와 사랑을 보여 주셨다. 나도 선

스크리아빈(Alexander Nikolayevich Skryabin, 출처 네이버)

생님을 본받아 삶의 마지막까지 피아노를 사랑하고 연주를 사랑하고 싶다.

나는 왼손 피아니스트로 활동하며 스크리아빈의 전주곡과 야상곡을 첫 독주회에서부터 지금까지 기회가 있을 때마다 매번 연주하고 있다. 스크리아빈이 왼손을 위해 작곡한 두 곡은 깊이를 가늠하기 어려운 침묵이 느껴지고, 말하지 않은 말의 무게와 깊이를 상상하도록 가르친다. 곡을 듣고 있노라면 끊임없이 나를 돌아보게 된다. 거듭거듭 나의 내면을 깊숙이 들여다보게 하는 곡의 마력은 너무나 강력해서 매번 부끄러움을 안기기도 한다. 시간의 후회와 바꿀 수 없는 것들에 대한 미련과 자책 등 곡은 나를 연민하도록 두지 않고 정면으로 마주보기를 지켜보고 있다. 나무라는 말보다 더 무겁고 큰 힘으로 내 기분과 마음의 본질에 닿으라고 말한다.

피아노를 사랑한 스크리아빈의 열정은 오른손이 마비되었을 때 그 크기만큼의 절망감을 주었을 것이다. 지독한 피아노 연습과 열정, 피아노와 혼연일체가 되는 경지의 연주, 이 모두는 희열과 함께 검고 깊은 절망도 동반한다. 청중은 스크리아빈이 오른손 마비를 겪고서 만난 절망과 불행의 감정을 그의 작품을 통해서 충분히 공감할 수 있지만 거기에서 몇 걸음 더해서 관객에게도 심해(心海)의 고요 속에서 자신을 돌아보라는 곡의 요청을 인지할 수 있었을 것이다.

사랑하는 또 한 분의 작곡가는 브람스다. 그가 스승 슈만의 아내 클라라를 뜨겁게 사랑하고, 또 음악을 사랑했던 일화는 익히 유명하다. 그의 절절한 사랑과 열정을 강제했어야 하는 고통은 견줄 곳이 없을 만큼 아프고 슬펐을 것이다. 어쩌면 주체할 수 없는 열정이 단단히 억눌린 채 솟아나는 샤콘느의 격정은 곡을 완벽하게 연주하고 싶은 나의 열정을 대신하고 있는 듯하다. 바흐가 바이올린으로 작곡한 샤콘느를 브람스가 왼손을 위한 샤콘느로 편곡하면서 내게는 현재 최고로 연주하기 어려운 곡이 되었지만 들을 때마다 피아노 앞으로 이끄는 곡이기도 하다. 지금 나의 마음을-연습이 더 필요한 왼손과 마음처럼 움직여 주지 않는 오른손으로 인해 느끼는 답답함과 슬픔-섬세하게 읽어 내는 브람스의 곡은 그대로 나를 보여주는 것 같아 애정이 크다.

내일의 왼손 연주를 위하여

...

    나와 같은 장애인 피아니스트에게는 어려움이 제법 있다. 우선 왼손으로만 연주하다 보니 오른발이 예민하지 못해서 왼발로 페달을 밟게 되는데 왼손으로 연주하고 왼발로 페달을 밟게 된다. 이런 경우 균형이 흐트러지기 때문에, 느린 연주는 문제가 되지 않아도, 빠른 템포로 왼손으로 높은 음들을 칠 때는 균형이 무너져서 몸의 중심을 잃지 않도록 허리를 곧추세우는 등의 노력이 필요하다. 근력을 키워야 한다. 매일매일 재활을 쉴 수 없는 까닭이다. 당장은 의자를 좀 비뚤게 놓아 최대한 균형을 잃지 않도록 노력하지만 갈 길은 멀고, 쉽지 않다. 더 단단히 마음을 다스리고, 붙잡고, 나를 칭찬하려고 노력한다.

    그래서 지금 내게 정말 중요한 것은 '나 다움'을 회복하고, 지키고, 응원하는 일이다. 나는 좀 급한 성격 때문에 간혹 연주도 빨라질 때가 있다. 그렇게 되면 어김없이 연주는 나락으로 떨어진다. 달리기하듯 전체 곡을 완주하지만 그 내용은 엉터리다. 내게 있어 성공적인

예술의전당 리사이틀홀에서

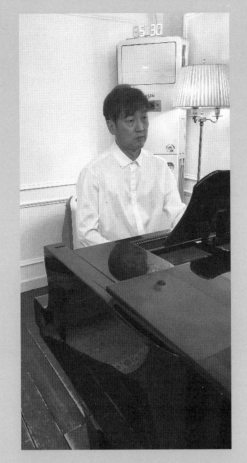

토지문학관에서

연주는 느리게 연주하면서 음의 강약을 조절하고, 곡의 절정에 다다를 때, 그 순간 더욱 느리게 연주하여 절정을 유보했을 때이다. 연주하면서 음악의 기쁨을 체험한다면 그날의 연주는 성공이다. 성공적 연주는 음악에 나를 싣거나, 음악 속으로 내가 들어갔을 때 경험하는 편안함의 유무와 그 정도에 따라 다르다. 연습이 충분했다면 나는 서두르지 않고 가볍고 깊게, 자유롭고 편안하게 음악의 품 안에 있는 듯 평온함을 느낀다. 그것은 충만한 기쁨이다.

2023년, 올해는 뇌졸중 발병한 지 11년이 되고, 다시 피아노 앞에 앉아 왼손 피아니스트로 활동한 지 8년째가 된다. 나는 앞으로 몇십 년은 더 연주 활동을 할 계획이다. 현재도 재활 중이고, 앞으로도 재활은 계속될 것이다. 수술 직후 걷지 못했으나 이제는 혼자서도 걷고, 웬만해서는 넘어지는 일도 적다. (이 모든 변화는 어머니의 수고와 눈물과 기도에 기대고 있다.) 그리고 어쩌면 오른손으로도 연주할 날을 맞게 될지 모른다. 그러나 나는 이 모든 상황을 덤덤하게 맞으려고 한다. 내 특유의 긍정적 사고와 성격이 큰 수술에도, 마음을 이겨 내기 어려웠던 재활에도 도움이 되었었다. 내일은 다른 통증과 새로운 일이 있을 거라고 기대하며 궁금증을 키웠다. 그렇게 내일을 맞으며 그다음 내일을 기대했다.

나는 내게 있는 장애가 나의 또다른 능력을 발견할 수 있는 조건이라고 생각한다. 새로운 지식과 정보에 도전하는 시약이라고 믿는다. 내게 장애가 없었다면 나는 내 의지와 힘으로, 성실한 태도와 구체적 계획, 정직한 실천으로 무엇이든 이룰 수 있고, 무엇이든 열매 맺을 거라고 확신했을 거다. 나를 응원하기에 집중했을 거고, 누구보다 부푼 마음으로 열매를 기대했을 것이다. 무엇보다 나를 무한히 신뢰하는 가운데 자부심도 자존심도 한껏 가꿔 갔을 것이다.

그러나 뇌졸중으로 장애가 생기면서 나는 나를 냉정하게 다시 보게 되었고, 이전의 삶을 반성하지 않을 수 없었다. 내 의지대로 할 수 있는 일은 하나도 없음을 고백해야 했다. 나를 신뢰했던 생각과 마음의 본질은 교만이었음을 인정하고, 부끄러워야 했다. 그리고 잠깐이나마 장애로 인해 '내 삶은 끝났다!'는 절망과 좌절을 끌어안은 일 또한 교만한 연민이었음을 부정하지 못했다.

우리 모두는 살아 내기 위해 안간힘을 쏟는다. 모든 것을 끌어모은 안간힘은 나의 약함을 인정하는 겸손의 태도이기에 아름답다. 동시에 나와 나의 삶에 대한 용기이고 또, 정직한 수고이기에 명예롭다. '그럼에도 불구하고' 살아 내는 것이야말로 진정성 있는 삶이며 겸손하고 당당한 모습이다. 우리 모두는 '살아 내야' 한다.

뇌졸중은 나의 오른손과 발의 자유로움을 앗아갔지만 무한한 호기심은 캐내지 못했다. 왼쪽 뇌를 드러내는 정도의 수술에도 호기심은 소멸하지 않았다. 장애인 피아노 연주자로 살면서 작곡가와 그의 가족, 친구들 이야기, 편곡자의 이야기, 왼손을 위한 협주곡, 소나타에 담긴 이야기들이 열정적으로 궁금해지기 시작했다. 작곡가에

독주회를 마치고 선생님들과 함께

왼쪽부터 홍혜도 선생님/피아노, 김민숙 선생님/피아노, 김원 이화여대 교수/피아노, 김은희 선생님/피아노,
저/전영혜 경희대 명예교수/피아노, 이남림 선생님/작곡, 최수정 선생님/피아노, 김문화 선생님

독주회를 마치고 김원 선생님과 함께

게 장애가 생겼다면 그 까닭이 무엇인지 알고 싶었고, 죽음을 앞두고 연주할 수 있는 에너지의 원천은 무엇인지 궁금했다. 그렇게 작곡가와 음악에 대해서 알고 나면, 곡을 좀 더 깊이 이해할 수 있다. 이는 이론적 학습이 아니다. 그들의 고통과 상실, 번민, 예술적 상상에 대한 조심스럽고 진지한 이해라고 설명할 수 있을 것 같다.

시대와 공간을 뛰어넘어 인간 존재로서 경험하는 일과 관계에 대한 생각과 감정을 공유하고 공감하려는 노력. 나의 선천적 호기심이 장애로 인해 진지하게 획득한 능력이다. 나는 장애가 있는 연주자로서 작곡가의 신체적 훼손과 그로 인한 상실감 등을 공감할 수 있다. 연구하여 이해하고 공감하는 것이 아니라 마음으로 이해하고 공감한다. 이는 이전에는 상상하지 못했던 작품 해석을 견인하고, 연습의 토대가 된다. 왼손은 이를 잘 표현하기 위해서 더 많은 사람들에게 감동을 주기 위해서, 무엇보다 장애가 있는 이들을 응원하고 예술로 연대하기 위해서 매일, 꾸준하게 담금질되고 있다.

나의 연주가 장애인예술의 독창성을 보여 준다고 믿는다. 비장애인 예술가들과 함께 연주하고, 콜라보 무대를 꾸리면서 서로를 이해하려는 노력을 배웠다. 특히 연주의 경우 연주자의 감성과 철학에 따라서 다양한 해석이 존재하고, 연주기법에서도 개성이 드러나기에 자신을 말하는 데에 아주 효과적인 동시에 타인을 이해하는 데에도 효험이 높다. 내 연주가 장애인예술, 장애예술가의 음악 세계를 엿보는 단초가 될 수 있다면 연주자로서 큰 영광이다.

수많은 장애인 연주자들이 있는 것을 잘 알고 있다. 바이올리니스트, 비올리스트, 첼리스트, 플루트니스트 등 훌륭한 현악기 연주자들이 활동하고 있는 것도 매체를 통해서 이미 잘 알고 있다. 이들과 협연할 수 있는 기회가 있다면 그 또한 특별한 경험일 것이다. 음악으로 장애인과 장애인예술이 목소리를 내고 또, 예술에 대해서 이야기 나누는 기회가 마련되기를 기대한다.

"음악은 두 손으로 해야 하는 연주가 아니라 그냥 음악 그 자체이다."

레온 플라이셔의 말처럼 우리는 모두 음악을 '하는-연주하고 즐기고 창작하는' 예술인이다.

슐호프의 왼손을 위한 조곡 No.3 중 '칭가라'처럼 나는 불규칙하고 예측할 수 없는 내일을 맞고, 또 내일을 살 것이다. 불협화음의 조화로움을 즐기면서 모두를 축제 속으로 불러들이는 즐거움을 열심히, 또 뜨겁게 키워 갈 것이다.

이훈

선화예술학교, 선화예고 졸업
독일 Hamburg 국립음악대학 음악교육과 수료
독일 Lübeck 음악대학 AKA Diplom 졸업
네덜란드 Utrecht 음악대학 Tweede Phase 졸업
미국 University of Cincinnati 박사학위 졸업(DMA)
이탈리아 Le Muse 콩쿠르 입상
이탈리아 AMA Calabria 콩쿠르 입상

2021 디지털 음원 발매
2020 포스코1%나눔재단 '만남이 예술이 되다' 참여

2023. 06. 21. 독주회(예술의전당 리사이틀홀)
2023. 02. 04. 밀알음악회 연주
2021. 10. 29. 독주회(예술의전당 인춘홀)
2021. 10. 25. 동그라미 사랑 음악회 연주
2021. 08. 17. 행복한 동행 음악회 연주
2021. 01. 10. 온라인 독주회(미국 캘리포니아주 뉴포트비치)
2020. 11. 24. 서울의료원 연주
2020. 11. 04. 독주회(롯데콘서트홀)
2020. 10. 20. 독주회(국립의료원 본관, 포스코 주최)
2020. 09. 19. E美지쇼 연주(GKL사회공헌재단 주최)
2019. 12. 23. 국회 헌정관 연주
2019. 06. 12. 독주회(JCC홀)
2019. 06. 05. 독주회(로로스페이스)
2019. 03. 23. 독주회(한성백제관)
2016. 07. 29. 첫 왼손 독주회(뇌졸중 이후/서울성모병원)
2004~2007 독일 Hamburger Conservartorium 강사
2001. 06.　 AMA Calabria 국제 피아노 콩쿠르 입상
2000. 11.　 이탈리아 Le Muse 국제 피아노 콩쿠르 입상
2000. 02.　 네덜란드 Holland Radio 출연, 연주(곡명: 무소르그스키 '전람회의 그림')